얼떨결에 라떼가 되었습니다

얼떨결에 라떼가 되었습니다

초판 1쇄 발행   2023년 8월 31일
초판 2쇄 발행   2025년 1월 24일

지은이 ｜ 노희선
펴낸이 ｜ 윤관백
펴낸곳 ｜ 선인

등   록 ｜ 제5-77호(1998.11.4)
주   소 ｜ 서울시 양천구 남부순환로 48길 1
전   화 ｜ 02) 718-6252 / 6257
팩   스 ｜ 02) 718-6253
E-mail ｜ sunin72@chol.com

정가   11,000원
ISBN   979-11-6068-833-7   03810

얼떨결에 라떼가 되었습니다

노희선

선인

'얼-라떼'

언제부턴가 우린 외로워졌습니다. 글씨로, 말로, 몸으로 전해지던 우리의 진실과 바람은 솜사탕처럼 날아갔습니다. 숱하게 불렀던 소중한 이름도 조금씩 흐릿해져 갑니다. 이젠 아들~!이나 딸~!과 같은 보통 호칭으로만 남았습니다.

어느 순간 '라떼'(나 때)는 일상어가 되어 우릴 꼰대로 묶었습니다. 옅은 웃음으로 내뱉고 넘기기엔 꽤 부담된 단어가 되었습니다. 이에 오랫동안 써 오던 소통의 방식도 이젠 이성의 눈으로 점검하게 되었습니다. 과거의 추억을 잊지 못하는 한, 우린 세대에 관계없이 라떼가 되었습니다.

라떼는 말이야!(Latte is horse!)가 일상어가 되기까지는 많은 시간이 필요치 않았습니다. 세대 간에 겪는 갈등과 푸념, 한숨의 자욱을 한 잔의 라테로 희석해지기에는 너무 많은 소통갈등이 있었기 때문입니다. 우린 서로에게 다가갔지만 완전한 화학적 결합을 이루기엔 아직 진실이 부족했습니다. 외면을 들추기에는 우리 면목이 너무 비겁했습니다. 절친 간에도 먼저 말해주기 전에는 개인사를 물어볼 수 없는 참 '공손한' 사회가 되었습니다. 취업과 결혼 및 연봉을 물어보는 '무모한 돌직구' 어른은 이제 '꼰대(Latte)'로 취급받고 있습니다. 영화 '김복남 살인사건의 전말'의 주제처럼 우린 '너무 불친절'한 세상에 살고 있습니다.

최근에는 선생님이나 원로의 단어인 '꼰대'를 희화화함으로써 우릴 웃게 하고 또 부끄럽게 만듭니다. 젊은 꼰대가 될까 봐 두려워 문을 닫았고 이에 소통의 창은 점점 작아만 갑니다. 급기야 우리 언어는 이목(耳目)을 제외하고는 너와 나로부터 그리고 우리로부터 숨어버리고 말았습니다. 우릴 미각과 후각을 감춘 채 이성으로만 살게 만들었습니다. 우린 이제 진실로부터 더 자유롭고 더 이해하고 더 위로하는 여유가 필요합니다. 동료의 프리젠테이션에는 사실 깊은 관심이 없습니다. 그다음에 있을 자신의 순서에 몰두되어 있으니까요. 그렇지만, 가끔은 '친절하게' 주위를 살펴야겠습니다. 정말 친절하게 말입니다.

절실한 현실! 한번 읽으면 눈을 뗄 수 없는, 삼 년 묵은 간장처럼, 잘 숙성된 글과 글씨를 쓰고 싶은 메주입니다. 메주는 제 별명입니다. 사회는 늘 신인을 기다립니다. '얼-라떼'를 기다리는 독자님이 많아지면 좋겠습니다. 늘 행복하세요.

메주올림

목차

목차

목차

1부

얼떨결에

얼떨결에

얼떨결에, 말합니다.

얼떨결에 한 사랑이 나를 바보로 만들었습니다. 얼떨결에 입은 옷이 나만의 패션이 되었습니다. 얼떨결에 뱉은 말이 장안의 화제가 되었습니다. 얼떨결에 참석한 집회가 내 신념을 묶었습니다. 얼떨결에 마신 술이 독약이 되었습니다. 얼떨결에 읽은 책이 내 삶을 송두리째 바꿨습니다. 얼떨결에 마신 차(茶)가 향의 기준이 되었습니다. 얼떨결에 한 충고가 나를 꼰대로 만들었습니다.

얼떨결에 탄 시간열차가 나를 라떼(Latte)로 만들려고 합니다. 얼떨결에, 얼떨결에, 얼떨결에 라떼가 되어갑니다. 얼떨결에, 얼떨결에... 라떼가 되었습니다.

얼떨결에 되었고 만들었지만, 이성의 눈과 심장은 아직 총총히 살아있습니다.

혼밥이 아닙니다

늦은 점심을 먹으러 혼자 우동집에 들렀습니다.

혼밥하는 사람들이 꽤 있었습니다. 그런데, 다들 식사하면서 스마트폰을 연신 들여다봅니다. 면발 한 입에 '스마트폰 반찬' 한 번입니다. 웃다가 먹다가를 반복하면서 상대에게 뭔가를 전송합니다. 참 바빠 보입니다. 숨도 안 쉬고 연신 말하다가 크게 한 번 숨을 몰아쉬는 자칭 증권방송의 전문가처럼, 타인에게 말할 틈을 허락하지 않습니다. '혼밥하고 왔다!'는 말은... 이제 믿을 수 없습니다.

정말! 인간은 '사회적 동물'이 맞습니다.

바나나처럼!

겉에 검은 반점이 생긴 바나나를 몽땅 버린 일이 있습니다.

벗겨 보니 속은 아무 이상 없었는데, 오래되어 상한 줄 알았습니다. 바나나가 가장 맛있게 익을 때 나타나는 슈가포인트 (sugar point)임을 한참 지나서야 알고 허탈해 웃었습니다. 살아 보니 바나나처럼 '착한 메시지'를 미리 알려주는 사물 혹은 사람이 그리 많지 않음도 알게 되었습니다.

당신의 슈가포인트는 무엇입니까?

'따로국밥' 주세요!

따로국밥은 국 따로 밥 따로입니다. 따로국밥은 보통보다 1000원 비쌉니다. 그 1000원은 밥과 국의 양을 직접 확인하는 '눈 값'입니다.

가만히 지켜보면, 다들 처음 두세 숟가락은 밥과 국을 따로 먹는 듯하다가, 이내 보통국밥처럼 밥을 국에 투하하고 맙니다.

선후(先後)만 따로일 뿐 인생은 도긴개긴일 때가 많습니다.

문자로 주세요!

제발! 스마트폰 전화 좀 받으라고 엄마는 성화입니다.

항상 무음으로 생활하는 딸은 도대체 이해가 되지 않습니다. 전화를 받지 않는 것이 아니라 구조적으로 전환한 상태이니, 문자를 주면 언제든지! 답할 것이란 얘기입니다. 음성을 통해 '들어야만' 하는 엄마와 문자를 통해 '보아야만' 하는 모녀지간의 이상한 소통대립입니다.

알고 보면 두 사람 모두 큰 잘못 없는, '시청각' 갈등입니다.

사랑니 유감

　성인의 치아는 32개입니다. 이 중 네 개는 사랑니(wisdom teeth,智齒)입니다. 사랑니가 아예 나지 않거나(7%) 두세 개만 나는 경우(33%)도 있습니다.

　그런데, 사랑니는 큰 대접을 받지 못하는 것 같습니다. 치아 사이에 이물이 잘 끼고 양치하기가 불편하기 때문입니다. 훗날, 다른 치아가 다 빠질 때 '뭔가'의 역할을 할 것이라고 다들 말하지만, 불편을 감수하고 그때까지 몇십 년을 버티는 건 쉬운 일이 아닙니다. 이런 이유로 대부분 고의적으로 발치를 하고 마니 이거야말로 역할기대에 대한 큰 푸대접입니다.

　젊은 시절엔 불편하고 아프다하여 지혜의 치아를 자의(自意)로 빼고선 일생을 지혜를 얻기 위해 몸부림치니 우리 인생도 참 아이러니(irony)합니다.

부지깽이도 탑니다

부지깽이는 아궁이에 불을 지피는 도구 중 하나입니다. 타는 재료를 깊숙이 밀어 넣거나 빼내는 등 주로 산소공급과 화력조절의 역할을 합니다.

재미있는 건, 부지깽이 자신도 평범한 나무라는 사실입니다. 자신도 나무인지라 주인이 깜박 잊고 딴청이라도 부리면 나무와 같이 타고 맙니다. 실제로 부지깽이의 끝 모양은 타다 남은 상처로 가득한 '시커먼스'입니다. 각개전투 훈련 중, 훈련병과 같이 식판식사를 하던 중대장의 모습처럼, 부지깽이의 '동참희생'은 아름답습니다.

인성교육이 될 수 있는 좋은 글과 글씨를 써서 세상을 향한 진실한 비계(scaffolding)가 되어야겠다고 다짐합니다.

밥 먹어라!~ 하면

아침잠이 많은 청년들도 그 소리엔 대부분 눈을 뜹니다.

간밤 두세 시까지 친구들과 문자대화하고 영화 보느라 몸은 천근만근한 상태입니다. 독촉하는 엄마의 목소리도 목소리지만, 문틈으로 파고든 부대찌개 냄새가 허기를 자극합니다. '그래, 밥 먹고 다시 자자!'며 목숨보다 귀한 동튼 직후의 꿀잠을 애써 털어냅니다.

그런데, 웬걸, 식탁엔 달랑 기본 반찬뿐. "이런, 이런! 아, 뭐야!" 하며 실망합니다. 자기 집만 그런가! 하여 주위에 물어보니, 어떤 친구는, 엄마의 '밥 알람' 후엔 일단 5분을 넘긴 후 나타나면 된다!라고 알려줍니다. 또 다른 친구는 엄마목소리의 강약과 파장을 통해 '찐'상황 여부를 먼저 감지해야 한다!라고 꽤 고수인 척 합니다.

그러다, 한참 뒤에야 비밀을 알게 됩니다. 세상 엄마들의 '밥 호출'의 속뜻은 "밥과 반찬이 거의 되어가니 이제 필요한 준비를 하라!"라는 사실입니다. 일어나서 어서 수저와 앞접시도 준비하고 다른 식구들도 깨우라!는 얘기입니다. 그것도 모르고, 우린 항상 다 차려진 성찬을 즐기려고만 했으니 그 얼마나 아전인수격 해석이었나요!

"사랑하는 어머니! 다 준비된 식탁이 아니어도 좋으니, 지금처럼 건강하게 오래오래 제 곁에 계셔서 '밥 먹어라!~'고 크게 외쳐주세요!"라고 지금이라도 고백해야겠습니다.

싱거움이 진짜입니다

아내가 생선찌개를 끓입니다.

먼발치에서 살펴보니 찌개에 소금과 젓장을 칩니다. 그런데 계량컵이 아닌 눈대중 감각으로 조리하는 듯하여 물어보니 한마디 합니다. "삼삼하게 하면 돼요!". 어차피 끓이면 맛이 진해지니 첫맛에 간을 딱 맞추지 않더라도 조금 싱겁게 조리하면 된다는 말입니다. 놀라운 지혜 같습니다.

그렇습니다. 처음부터 완벽한 건 이 세상에 없습니다. 불협화음에서 아름다운 화음이, 반복에서 달인이 탄생합니다. 조리한 후에도 음식이 싱겁다면 소금과 장을 더하면 그만이지만, 처음부터 간을 딱 맞추면 조리할수록 짠맛이 더해져 나중엔 모두 숟가락을 놓을 수도 있습니다. 따라서 매사 '천천히, 약간 부족하게' 시작할 일입니다.

맛있지만 약간 싱거웠던 저녁의 생선찌개는 내일 아침에는 풍미가 더해져 진가(眞價)를 발휘할 것입니다.

안부가 길수록 용건이 크다?

오랜만에 친구와 통화합니다.

A: 야! 너무 오랜만이다!
나: 으응, 친구!, 롱 타임 노 씨!(Long Time No See!; 오랜만!)

A: 잘 지내지? 얘들은 잘 있어? 아참, 제수씨는? 얼마 전 거기 비가 많이 와서 난리났다 들었다.

(무슨 일 있을까?)

저번에 맛있는 소고기 사줘서 잘 먹었다. 고맙다. 그때 그 동료도 잘 계시지?
요즘은 가끔 친구들이 생각나더라... 언제 다녀갈 일 없냐, 할 얘기 태산인데... ...

(갑자기 불안한 마음과 궁금증이 솟는다)

나: 으응... 나도 그래. 그런데... 뭐 별 일 없지? 혹시 어려움이라도?

A: 아, 아냐 뭔...? 그냥, 시간나서, 그냥 네 목소리 듣고 싶어서 전화했지. 역시 메주 네가 최고야, 목소리만 들어도 맘이 편안해져 좋다. 언제든 연락해... 그럼 다시 연락할게. 잘 지내! (전화 뚝!)

(아 부끄럽네. 순간 불안했던 작은 마음)

(안부가 길면 용건이 크고 복잡한 줄만 아는 편협함)

메주도 이제부턴 용건 없이 안부만 물어야겠습니다.

추상화를 좋아하는 까닭

덜 지루하기 때문입니다.

추상화 같은 사람이 되어야겠습니다.

숙회처럼 살짝!

숙회는 '살짝' 익혀 먹는 해산물입니다. 날 회도 좋지만 살짝 익힌 문어와 꼴뚜기 그리고 오징어는 색다른 맛을 줍니다. 익힌 후 선명해진 색감도 좋고 뜨끈해져 더 쫄깃한 식감이 최고입니다.

일이 안 풀릴 땐 조급함을 버리고 '짧지만, 푹!' 쉬다 보면 생각지도 못한 해결책이 떠오릅니다. 정공법이 아닌 '살짝 비튼' 공간에 해답이 숨어 있을 수 있습니다. '살짝' 비틀고 익힐 때 창의력이 나옵니다.

효용의 횟수

'이렇게 시원할 줄이야!'

평소 전기면도기를 애용하는 편인데, 요즘 일회용 면도기의
재미에 푹 빠졌습니다. 그리 비싸지 않은 열 개 꾸러미 면도기
인데, 편리함과 성능이 뛰어납니다.

아침에 사용한 이중날 면도기는 상쾌함 그 자체였습니다.
출근을 앞두고 바삐 쓱쓱 비볐던 분장 면도가 아닌 진짜 면도
여서 좋았습니다. "햐! 이토록 시원했다니~" 여태껏 몰랐던 기
막힌 단순 깔끔함에 감탄하였습니다.

일회용이지만 잘 씻어 두 번을 사용하고, 오늘 아침 세 번째
에 도전하니 벌써 날이 산적처럼 거칠어 아팠습니다. 우리 몸
이나 면도날이나 서로 기막히게 효용의 횟수를 기억하고 있습
니다. 사용할 수 있을 때까지 사용하다 고장 난 기계들처럼
우리 몸이며 마음도 숱한 기회에 조금씩 삭아가고 있는 것은

아닌가! 라는 생각이 들었습니다. 기계에 기름을 치듯, 우리 심신에도 건강하고 활력 있는 신체적, 정신적 자양분이 필요함을 깨닫습니다.

남은 면도기로는 최대 보름 정도 버티겠군요. 꽤 효용이 큽니다. 산비둘기의 실체를 아는 순간 그 소리에 친숙해졌듯, 효용이 주는 만족감에 여유가 생깁니다.

불금을 기다리며

'불타는 금요일'이 왔습니다. 사무실에 밝고 활기찬 기운이 가득합니다. 매번 오는 금요일인데도 처음인 듯 말입니다.

휴식은 최고의 청량음료라 합니다. 제아무리 성과를 내는 노동이 가치있다 한들 쉼만 못하다는 뜻이겠지요. 업무중간의 티타임, 친구들과 치맥을 먹으며 나누는 대화, 팀을 짜서 한판 붙는 롤(LoL)게임, 감성주점에서의 강렬한 막춤, 주말데이트 역시 금요일을 뜨겁게 만드는 '불'의 소재들입니다.

아쉽게도, 불금은 이내 지나가고 새로운 또 한 주를 맞이하게 될 것입니다. '몇 밤 코~ 자면' 다시 올 그날을 기대하며 우린 또 집중할 것입니다.

롱디지만 괜찮아!

롱디(long distance)는 '긴 거리 연애'를 말합니다. 해외취업이나 유학, 군대, 지방근무로 인해 어쩔 수 없이 발생한 공간적 별리(別離)인데 연인 혹은 '썸'들에겐 상당한 위기라고 말합니다. 일단, 대면할 수 없으니 눈을 볼 수 없고 설령 화상으로 본다고 하여도 눈의 감정을 자세히 읽기 어려워 힘듭니다. 상대방의 '눈거울'을 자주 볼 수 없으니 자신을 볼 기회도 점점 적어집니다.

둘째, 만남의 설렘보다 만남의 기회가 적기 때문에 오는 불안입니다. 설렘은 썸의 필수양념이요, 영양제며 동력입니다. 사무실 혹은 현장의 고된 업무를 잊게 하는 마취제입니다. 설렘은 만남으로 승화되는데, 만남의 기회가 적어지기에 점점 마취에서 깨어나게 됩니다.

무엇보다 롱디는 오랫동안 사귄 연인들에게 더 큰 시련일 수 있습니다. 위의 두 가지 요소가 롱디를 통해 점점 인식되기 때문입니다. 평소엔 알지 못했던 상대의 성격과 상황처리, 공감능력 등이 보이기에 앞날의 청사진을 객관적으로 들여다보게 됩니다. 서운한 감정이 쉽게 해소되지 않고 오해로 쌓이다 보면 갈등이 증폭되기도 합니다.

그러나, 롱디는 '롱(long)'한 만큼 아름답습니다. 긴 거리, 긴 시간은 인내와 고독을 요구하지만 자신을 깊게 돌아보고 상대를 이해할 수 있는 좋은 기회입니다. 객관적인 눈을 주는 묘약입니다. 자신의 장점보다 상대의 단점과 아픔을 감쌀 수 있는 가슴을 키울 시간이 되기도 합니다. 비록, 문자와 영상으로 만나지만 미래를 함께 할 핑크빛 희망을 덧칠하기에 만남의 횟수에 관계없이 사랑의 농도는 더 짙어만 갑니다.

인내 속에 피어 나는 사랑의 꽃은 시공간에 결코 비례하지 않습니다.

복권 사는 날

복권을 사고 싶은 날이 있습니다.

조상님이 간밤 꿈에 보일 때입니다. 생시에 뵐 수 없는 분들이 꿈에 나타나셨기에, 혹시 큰 음덕(陰德)을 주시는 것 아닌가! 하고 우린 믿습니다.

아직 살아있지만, 우리 후손들의 바람 중 하나는 복권사면서 이미 알게 되었습니다.

예비부부 위한 한마디

'사랑도 결혼도 쉽지 않다!'는 젊은이들의 말에 가슴이 먹먹합니다. 어서 피앙새를 찾아 행복한 가정 꾸리길 진심으로 바랍니다.

메주도 언젠가 결혼하게 될 자식을 위해 오랫동안 숙성한 한마디를 저축해 두었습니다.

"♡두 사람!
이제 함께 살 건데,
어차피 길게 살아갈 건데...

서로...
더 연구하고, 더 알아가서,
잔파도는 넘기고,
통 크게 이해하며 살기 바란다!"

이 뿐입니다. 미소 짓기 포함, 30초 걸립니다.

말이 통할 때 기쁩니다

흔히, 친한 친구 사이나 부부간엔 굳이 말을 하지 않아도 알고 심지어 눈빛만 봐도 마음을 알 수 있다고 말합니다.

그 사람 '속'에 들어가 보지 않고 '그 안팎'을 알 수 있다니 대단한 교감의 경지입니다. 보통 힘들 때, 어려울 때 그리고 지쳐 몸부림칠 때 더 위력을 발휘합니다. 우린 자신을 알아주는 이가 있기에 안심하고 기뻐하며 살아갑니다. 어려움이 닥쳐와도 그가 있어 든든합니다. 반면, 어떤 이는 남이 자신을 모를까 봐 아니, 몰라줄까 봐 불안해하며 낙담합니다. 자기를 알아달라며 눈물로 호소하기도 합니다. 그러나, 세상사는 항상 어느 한 편에만 머무르지 않습니다. '피눈물 흘렸던' 노력은 언젠가 보상을 받게 되고, 생각지도 못한 계기를 통해 그는 신인(新人)으로 주목받게 될 것입니다.

지루한 현대사회! 다들 자신을 꽁꽁 감추고 SNS에 몰입하여 진실과 앙탈 중입니다. 말하기 겁나고 말 받기도 두렵습니다.

어쩌다, 우연히 말이 통하는 사람을 만나면 왜 이렇게 가슴이 뻥 뚫리고 몇 끼 굶어도 살 만한 환희를 느끼는지 정말 모르겠습니다.

메주도 여러분처럼... 외롭습니다.

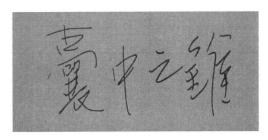

* 낭중지추: '주머니 속에 있는 송곳'이란 뜻으로, 재능(才能)이 아주 빼어난 사람은 숨어 있어도 저절로 남의 눈에 드러난다는 비유적 의미.

뱃살유감

운동하다가 마주친 상대의 늘어진 뱃살을 보면 못 본 척 고개를 돌립니다. 옆으로 누우면 바닥에 깔리는 자신의 뱃살에도 한숨이 나옵니다. 어떤 이는 기계로 '덜어내고' 싶다고 말합니다.

마침, TV에선 외줄로 참치를 잡는 프로그램이 한창입니다. 불굴의 어부도 관심이 있지만 함께 가십 방영하는 참치요리가 화제입니다. 주로 회초밥인데, 그중 가장 인기 있는 음식이 참치의 뱃살 초밥입니다. 뱃살 부위는 다른 부위보다 2배에서 많게는 5배 이상 비싼데, 지방이 희노랗게 낀 참치일수록 맛이 고소하다 하여 더욱 인기가 높습니다. 뱃살이라는 이름은 같은데 대우는 천양지차니 이 무슨 까닭입니까!

인간에겐 기름진 뱃살의 함량보다 더 중요한 뭔가가 있는 것이 틀림없습니다.

대봉감에 박수치다

늦가을의 붉노랑 단풍이 마저 지기도 전에 지리산엔 이른 첫눈이 옵니다. 갑자기 마음이 바빠집니다.

두려운 새해맞이를 웃음으로 넘기시는 장모님! 두 박스의 실한 대봉감 손님을 보고 얼굴이 화-알짝 피어나며 박수칩니다.

"앗따, 대봉감 좋다! 어허, 거 좋-네!" 박수치며 좋아합니다.

이제 실컷 감 똥 누실 일만 남았습니다.

개업 찐빵집의 비밀

　국도변에 찐빵집이 한 곳 있습니다. 꽉 찬 '통팥소'와 담백하고 쫀득한 식감이 일품입니다. 메주도 그 길을 지날 때면 어김없이 찐빵을 사곤 합니다. 찐빵 4개에 5000원, 만두 4개에 4000원, 캔 음료 2개에 3000원, 이렇게 사는 것이 정석(定石)입니다.

　그날도 동료랑 그 집에 들러 '정석'을 사려고 하는데, 차가 너무 많고 대기 줄까지 있어서 놀랐습니다. 웬 손님이 이리 많냐!라는 메주의 혼잣말에 앞줄의 아주머니 왈 "이 집은 늦으면 못 사먹어요, 오늘은 운이 좋은 편이어요... 그리고 이 사람들 시내에 빌딩도 샀어요. 웬만한 월급쟁이보다 많이 벌어요..."라고 말합니다. 그러자, 갑자기 '미운' 마음이 들었습니다. (그래? 이 사람들이 그렇게 부자란 말인가!) 찐빵 살 맘이 싹 사라졌습니다. 애써 버틴 대기줄을 포기하고 차로 돌아왔습니다. 동료 또한 저와 같은 생각이 들었는지 단념하였습니다.

그로부터 한 달 정도 지나 다시 들린 찐빵집은 매우 한산했습니다. 주인에게 물어보니 '이상하게' 몇 주 전부터 손님이 서서히 줄더니 어제부터 갑자기 뚝 끊겼다!라는 겁니다. 누군가 너무 잘 나가면 어느 순간 질시와 '미운감정'의 엔트로피가 증가한다는 이론이 생각났습니다. 메주 역시 마침 마뜩잖은 터였는지라 시원한 마음조차 들었습니다. 설상가상으로 그 가게 30미터 옆에 또 다른 찐빵집까지 생겼기에 "이 집 이제 큰일났구나!"라고 생각했습니다.

거의 3개월 이후, 그 도로를 지나며 깜짝 놀랐습니다. 당연히 어려울 줄 알았던 기존가게는 '원조빵집'이라 하여 활발히 장사를 하고 있었으며, 후발 찐빵집 또한 손님이 넘쳐났습니다. 또한 좌우로 찐빵집이 몇 개 더 생겨 어느덧 찐빵타운이 형성되어 있었습니다.

도무지 풀리지 않았던 비밀은 한참 뒤에야 알게 되었습니다. 후발가게는 원조빵집의 경쟁자가 아니라 지원군이었다는 사실 말입니다. 후발가게의 젊은 여사장은 남이 아니라 원조집 이모의 딸이었습니다. 세상사 알 수 없고 삶의 방식과 전략 또한 만만치 않음을 알게 되었습니다. 섣부른 판단하지 말고, 잘 나갈 때 피차 조심해야겠습니다.

좋아하면 견딥니다

오랜만에 볼만한 영화를 TV에서 만났습니다. 일단 클래식 명작이라 명배우들의 젊은 날 모습을 볼 수 있어서 좋았습니다.

문제는 중간의 브레이크 타임에 있었습니다. 언제부턴가 TV 상영 영화를 보다 보면 결정적인 순간에 1부, 2부 심하면 3, 4부의 휴지기를 두어 맥을 끊어버리니 적잖이 불편했습니다. 어떤 이는 그때를 기다려 볼일을 본다고도 하지만, 같은 내용의 광고를 서너 번까지 반복하는 걸 보고 있자니 지쳐 쓰러질 지경이었습니다. 1부가 끝났다고 광고하고, 2부를 곧 시작한다고 광고하여 겨우 마음을 진정하니 급기야 2부가 되었다고 광고하는 바람에 헛웃음이 절로 나왔습니다. 마음을 추스려 겨우 2부는 보았으나, 이후 3부 예고 시점에 이르러서는 결국 포기하고 말았습니다. 후아! 광고주의 요구가 시청자의 불평보다 훨씬 크다는 걸 새삼 느낀 순간이었습니다.

명작을 놓쳤다는 아쉬움도 잠깐! 며칠 후 메주는 실소하고 말았습니다. 얼마 전 놓친 그 영화를 또 방영 중이었는데, 하필 거의 못 참고 포기했었던 그 부분이었기에 말입니다. 다행히 그날은 컨디션이 괜찮은 편이었고 워낙 보고 싶었던 영화라 완주할 수 있었습니다. 이전의 미운 감정도 거의 사라졌습니다. 아니, 그날은 3부의 중간 휴식타임이 오히려 고마왔습니다.

알 수 없는 것이 사람의 마음이라지만, 더 알 수 없는 건 '좋아하는 마음'입니다. 정말 좋아하면... '까이꺼' 견딥니다.

아침알람이 따로 없습니다

아침마다 띵동!하고 문자가 옵니다, 꿈에서 빠져나오기 전부터 울리는 이 신호가 어느덧 알람이 되었습니다.

먼저 도착한 문자는, 얼마 전 명퇴하신 형님의 글입니다. '오늘도 좋은 하루'나 '만남의 5계명' 등 아직까지는 '사회긴장'이 조금 담긴 내용을 보내옵니다. (눈을 뜨고 아침을 확인합니다) 이어 숨 가쁘게 문자음이 도착합니다. 존경하는 선배님입니다. 좋은 시구(詩句)나 덕담, 처세술 및 종교적 명언 등을 보내주시는데 그 레퍼토리가 다양합니다. (이제 자리에서 일어납니다) 자리를 박차고 거실에 나와 몸을 푸는 동안 드디어 세 번째 메시지가 도착합니다. 보나마나 자형일 것입니다. 그는 문자 메시지보다 동영상 전송을 선호합니다. 그리고는 잠시, 한두 시간 정도 문자가 뜸합니다. 기막히게 다들 자제합니다. 바쁜 시간대임을 서로가 잘 아는 까닭입니다.

오늘 아침은 '드디어 첫눈이 왔다!'는 문자 알람을 많이 받았습니다. 그분들의 정성에 일일이 답을 못해 죄송하게 생각하여, 눈 내리는 풍경을 담은 동영상으로 감사인사를 전합니다. 좋은 겨울 보내세요!라고요.

내려다볼 때!

정상에 올라 산 아래를 내려다봅니다.

작은 산봉우리와 깊은 골짜기가 보입니다. 파란 하늘엔 흰 구름이 멋지게 떠 있습니다. 오를 땐 힘들었지만, 정상에 서니 날아갈 듯 기분이 좋습니다. 땀에 전 옷이 오히려 상쾌합니다. 사실, 오르는 중간에 몇 번 포기할 뻔했습니다. 7부 능선의 바위 경사지는 정말 힘들었습니다. 에너지 간식과 동료들의 응원에 힘입어 겨우 이겨냈습니다.

출발은 순조로워도 곳곳에 고비가 있는 것이 산행이고 인생길입니다. 중도에는 정상을 올려다볼 여유도 힘도 없습니다. 동료의 발뒤꿈치를 보며 따라가기에 급급합니다. 신록이 온 산에 퍼진 줄도 모릅니다. 그러나, 정상에 오르면 큰 기쁨이 있습니다. 뻥 뚫린 시야에 가슴이 열리고 여유가 생깁니다. 산 아래 봉우리와 저 멀리 보이는 도시를 보고 감탄합니다. 그곳에서 아둥바둥 사는 이들이 안쓰럽게 느껴지고... 그 험지를 떠나온 나 자신이 순간, 큰 성취를 이룬 거인(巨人)인양 목에 힘이 들어갑니다.

인간관계는 구조적으로 위와 아래가 존재합니다. 누구나 아래보다는 위를 선호합니다. 낮은 자는 높은 위치를 불편해하고 두려워합니다. 하지만, 누구나 '항상' 높은 곳에 머물 수는 없습니다. 설령 '운 좋게' 그 위치에 올랐다 하더라도 언젠가의 하산(下山)을 생각하여 잘 나갈 때 더욱 주위를 살피는 지혜가 필요합니다.

높이 올라 '두둥실' 흘러가는 구름이 제법 의젓해 보입니다.

안경을 찾습니다! (반성문)

안경은 안경일 뿐!

한심한 얘기처럼 들리겠지만, 안경을 찾습니다. 운동하려고 굵은테 안경으로 바꿔 쓰고 나간 기억이 있을 뿐, 그 이후는 기억이 나지 않습니다.

여분의 안경이 있긴 하지만, 메인인 명품안경을 잃고 나니 눈이 침침하고 정신마저 흐린 것 같습니다. 생각해보니, 메주는 그동안 안경이 아닌 '사치(奢侈)의 허울'로 세상을 보았나 봅니다.

정신의 눈이 밝아져 안경을 찾을 때까지는 우선 겹겹이 쌓인 허울부터 벗어야겠습니다.

운동할까 말까!

"당신은 일주일에 세 번, 30분 이상, 약간 땀이 날 정도로 운동하십니까?"

병원 건강검진의 대표적 문진항목중 하나입니다. 매일 운동하는 이들에겐 평범한 문구이지만 그렇지 못한 대상에게는 '뜨끔한' 질문입니다. 갑자기, 운동부족으로 다가올 위험상황이 연상되며 병원특유의 소독향이 긴장을 더합니다.

대다수는 병원에 머무는 짧은 시간 동안 의도치 않은 건강 스케줄을 짭니다. '밥은 반만! 맞아! 하루에 한 시간만 걷자, 아니 30분만! 집에서 할 복근기구 하나 사자, 턱걸이 기구를 설치할까? 에잇, 헬스장 가서 근육 운동하자. 아냐, 연식테니스를 배우자. 아냐, 자전거를 타자...' 소설을 쓰고 영화를 찍습니다. 어느 누군가 '할까 말까 하면 하고, 갈까 말까 하면 가라!'고 했다지만 선택이 쉽지 않습니다.

인간은 노동 없이는 하루도 살 수 없는 구조로 태어났습니다. 운동이라는 선택노동도 마찬가지입니다. 아무튼 운동은 꽤 어렵고 귀찮은 숙제입니다.

첫판은 비겨야 합니다!

아버지의 팔씨름 상대가 되지 못했던 아들이 드디어 청년이 되었습니다. 헬스로 몸을 가꾸어 활배근과 식스팩 복근을 만들었습니다. 단단해진 이두근에 자신감이 넘쳤습니다.

가족이 모인 어느 날 저녁, 아들은 아버지에게 당당히 팔씨름 제안을 하였습니다. 멋진 근육을 보이려고 웃통까지 벗고 팔을 내밀었습니다. 쑥스러운 아버지는 아내의 눈치를 살피며 애써 '수사자'가 되었습니다. 아내는 불안해하였습니다. 아니나 다를까, 아들은 시작호령이 떨어지기가 무섭게 아버지를 넘겨 버렸습니다. 1초 만에 말입니다. 그리고선 정권을 잡은 위정자처럼 위풍당당 환호했습니다. 모두는 박장대소했습니다. 아버지도 '강하게' 자란 아들의 어깨를 치며 대견해하였습니다.

'봄이 가장 좋은 거름'이듯, 세월엔 장사 없습니다. 아버지는 나이 들어가고 아들은 청년이 되었기에 당연한 결과입니다. 언젠가 한 번은 겪어야만 하는 '통과의례'입니다. 하지만, 하지만 말입니다. 약해진 아버지 수사자와의 첫 대결이 오면 세상의 아들들은 가급적 '비겼으면' 좋겠습니다. 부들부들 힘을 쓰며 정점에서 오래 버텨주었으면 좋겠습니다. 마지막 힘을 몰아 쓰는 '수사자의 자존심'을 지켜주었으면 좋겠습니다. 아버지는... 지금까지... '가족의 힘'이었기 때문입니다.

첫판 대결이 끝나고 열린 며칠 후의 재대결! 이땐 승부가 어떻게 되든 아무도 관심이 없습니다. 아들이 이기든 혹은 아버지가 '지든' 상관없습니다. 모두는 이미 이해했기 때문입니다. 따라서 이 대결 후의 한마디가 '진짜', '순', '참' 격려입니다. 먼저, 어머니가 아들에게 말합니다. "우리 아들 다 컸구나... 멋지다!" 이어 아버지도 말합니다. "야! 엊그제까진 해보겠더만 이젠 못 이기겠다, 너 대단하다! 그러나 아들아! 세상은 힘으로만 살 수는 없는 거다!" 라고요.

오늘도 곳곳에서 부자(父子) 팔씨름이 열릴 것입니다. 매주의 '첫판이론'과는 관계없이 세상의 아들은 시작구령과 동시에 꽝! 하고 아버지를 넘길 것입니다. 그리고 가족들은 크게 웃을 겁니다. 젊은 아들은 '수사자처럼' 어깨를 들썩이며 환호작약할 것입니다.

비록 첫판을 비기진 못하겠지만, 아들들은 '새로운 책임감'으로 자기 몫을 해낼 것입니다.

이래서 죽겠습니다!

열대야로/ 억울해서/ 너무미워/ 투잡바빠/너무예뻐/ 눈치없어/ 잘난척해/ 오해받아/ 불안해서/ 배고파서/ 백이없어/ 배불러서/ 더러워서/ 힘들어서/ 너무웃겨/ 너무징해/ 피곤해서/ 장사안돼/ 새내기라/ 아리송해/ 좀이쑤셔/ 입아파서/ 너무많아/ 차이나서/ 오염되어/ 살많이쪄/ 속이없어/ 썸타느라/ 너무빠져/ 강해져서/ 너무커서/ 너무작아/ 일이많아/ 무량태수/ 부러워서/ 잠이안와/ 생각이나/ 성에안차/ 몸이아파/ 오래끌어/ 수입적어/ 반가워서/ 고난도라/ 울렁거려/ 너무더워/ 너무추워/ 생떼부려/ 추월당해/ 몰려와서/ 너무떨려/ 분리수거/ 군대축구/ 교대근무/ 고소공포/ 혼자라서/ 너무굶어/ 입냄새에/ 주문많아/ 맛있어서/ 들이대서/ 너무막혀/ 감각없어/ 딴소리해/ 너무알아/ 실패해서/ 늘아파서/ 너무웃겨/ 비밀이라/ 뜨거워서/ 미쳤나봐/ 시끄러워/ 초행이라/ 차가워서/ 빨리커서/ 재미있어/ 무서워서/ 드러나서/ 싱거워서/ 저잘나서/ 기억하기/ 늘상바빠/ 돈이없어/ 실탄없어/ 늑장부려/ 급경사라/ 긴장상실/ 마무리에/ 내맘몰라/ 담배냄새/ 경쟁심해/ 고단해서/ 큰애라서/ 사내라서/

무식해서/ 성에안차/ 어려워서/ 까먹어서/ 너무매워/ 간발차이
/ 부족해서/ 한가해서/ 도전하다/ 회식참석/ 너무먹어/ 못찾아
서/ 서러움에/ 멋부리다/ 운동못해/ 집값비싸/ 울고싶어/ 독식
해서/ 소통안돼/ 대화안돼/ 신뢰잃어/ 용기없어/ 버벅거려/ 맛
없어서/ 늘넘쳐서/ 너무달아/ 안들려서/ 반토막나/ 너무짜서/
질질짜서/ 깡통투자/ 숨막혀서/ 딸아이라/ 패션안습/ 물막혀서
/ 너무추워/ 파업하여/ 바람나서/ 싱거워서/ 안되어서/ 속쓰려
서/ 안보여서/ 성질나서/ 대들어서/ 아주깊어/ 철이없어/ 질투
나서/ 화가나서/ 목이타서/ 거짓이라/ 적막해서/ 너무길어/ 시
원해서/ 너무짧아/ 좋아해서/ 열받아서/ 그냥싫어/ 걱정되어/
너무약해/ 손맛못봐/ 못생겨서/ 너무강해/ 자주바꿔/ 하기싫어
/ 냄새나서/ 반말하여/ 기억못해/ 망가져서/ 울화통에/ 듣기싫
어/ 먹기싫어/ 보기싫어/ 가기싫어/ 더듬싫어/ 일없어서/ 힘못
써서/ 웃음참기/ 울음참기/ 딱딱해서/ 잠쏟아져/ 환장해서/ 똥
볼차서/ 배아파서/ 폼잡다가/ 힌트없어/ 초심잃어/ 너무비싸/
꾀부리다/ 죽여줘서/ 커피냄새/ 처음이라/ 달콤해서/ 기억이나/

○ 2018年 夏
氣象으엔 111年만의
暴염이라고, 지독한 熱帶夜
라고 연일 난리다.

떨어져서/ 안지켜서/ 양심찔려/ 부담되어/ 서툴러서/ 실직하여/ 눈이안와/ 집안팔려/ 속상해서/ 숨막혀서/ 까칠해서/ 뻣뻣해서/ 힘들어서/ 궁금해져/ 손발저려/ 알게되어/ 밝혀져서/ 아까워서/ 술좋아해/ 안올라서/ 몰라줘서/ 등가려워/ 치과치료/ 꼰대같아/ 수술불안/ 건방져서/ 뱃살보니/ 세월빨라/ 백수되니/ 외로워서/ 사랑땜에/ 말썽피워/ 고집세서/ 초보라서/ 가물가물/ 미끄러워/ 너무울어/ 꽉막혀서/ 답답해서/ 열불나서/ 속이쓰려/ 바보같아/ 속옷감겨/ 실연으로/ 존심상해/ 귀찮아져/ 기다리다/ 소신없어/ 잊혀져서/ 잘나가서/ 당파싸움/ 눈곱끼어/ 또낙하산/ 사치쩔어/ 말바꾸어/ 버릇없어/ 마음약해/ 멍때려서/ 허리통증/ 지갑얇아/ 만년백수/ 육신치통/ 그놈변비/ 임금체불/ 외로워서/ 똥마려워/ 이가애려/ 몸살감기/ 가려워서/ 찬물냉골/ 날씨좋아/ 천장낮아/ 끈적끈적/ 첫날이라! 죽겠습니다. 후아! '짜내느라' 죽겠습니다. 우리말은 강조표현도 '죽입니다'.

인터미션(Intermission)

지금은 거의 사라졌지만, 긴 영화 중 잠깐 주어지는 휴식시간인 'Intermission'! 영화 벤허나 사운드오브뮤직처럼 세 시간 가까이 되는 영화에게만 주어진 특별한 시간을 말합니다.

이 시간을 이용해 화장실에 가고 간식도 사고, 지인들과 짧게 담소도 나누게 됩니다. 영화관은 문을 활짝 열어 오소리 잡듯 뿜어대던, 영사 빛에 비추던, 안개 같은 담배연기를 몰아냅니다. 지금도 지구촌 어디에선가 이러한 특별한 경험은 계속되겠지요!

세월도 Intermission이 있으면 좋겠다고 가끔 생각합니다. '인생 환기' 좀 시키게요.

2부

얼떨결에
라떼가

비 오는 날엔 왜 부침개?

비 떨어지는 소리와 부침개 지지는 소리가 같기 때문입니다.

비 오는 날 한 번쯤 '투명우산을 쓰고' 오솔길을 걸어보십시오. 머리 위에서 퍼지는 부침개 지지는 소리와 그 고소한 향에 귀와 코가 마비될지도 모릅니다.

때론, 청각이 후각을 마비시키고 미각까지 돋웁니다.

이왕이면 '찐'(眞)으로!

부모가 되어, "자네보다 자네 자식이 더 낫네!"라는 말을 듣는 것보다 더 큰 기쁨은 없습니다. 자신은 이미 충분히 '노출'되었지만, 자식은 떠오르는 신예(新銳)이니 좋은 싹으로 검증받길 바라는 부모 마음을 잘 헤아렸기 때문입니다.

지루한 사회는 항상 신인을 기다리며 스타를 만듭니다. 스타는 예기치 않게 등장한 것 같지만, 실은 끓어오를 순간을 기다리는 휴화산이었습니다. 드디어, 때가 익어 터졌을 뿐 검증도 그의 몫은 아닙니다. 칭찬의 입은 따뜻하나 칭찬의 심장은 비수와 같이 차갑습니다. 스타가 된 순간부터 그의 행보는 혼자만의 무전(無錢)여행이 아닙니다. 따라서 그 자리를 지키기 위해선 많은 이들의 환호와 사랑을 진실의 심장으로 느끼며 성실의 손과 발로 다가가려 노력해야 합니다.

세상 부모들은 제 자식이 비록 스타는 아니지만 성실한 사람, 제 몫을 해내는 사람 아니, 적어도 따뜻한 사람으로 평가받길

원합니다. 그들은 아직 검증 중이고 여러모로 미숙해 보이지만 장래가 수만리니... 이왕이면 통 크게 격려해야겠습니다.

'싹수 있다!'라는 말이 '찐' 칭찬입니다.

청양고추먹고 (?)면 안 맵다

매워서 더 입맛 돋는다는 '고유명사' 청양고추를 크게 한입 먹었습니다.

(울)면
(물이나 우유 먹으)면
(신랑 등짝 한번 오지게 때리)면
(밥 한 볼테기 크게 쌈 싸먹으)면

안 매울 줄 알았습니다. 아니더군요.
매워서 펄쩍 펄쩍 뛰었더니 오히려 더 매워 죽겠습니다.

걱정마십시오.

(하루 지나면) 안맵습니다.

역시, 시간이 약(藥)입니다.

대가족이 그리워질 땐!

"일일 연속극을 보십시오~"

65세 전후 '손녀바보' 부부를 중심으로, 80대의 '깔끔' 어르신 한 분, 혼자된 '자칭쿨' 중년여동생, 30대 '개성톡톡' 자식부부, '썸 타는' 중인 사회초년생 막내딸, '똘똘한' 초등학생 손녀 등 최소 8명이 기본입니다. 식사시간, 카메라에 보이는 얼굴만 최소 4명에서 5명입니다. 아무튼 '출석율 높은' 가족입니다.

흥미로운 건 두세 번만 봐도 한눈에 가족관계와 내용을 쉽게 파악할 수 있다는 점입니다. 우리들이 꿈꾸는 힘들고, 아쉽고, 그리운 바람을 긁어주고 읽어주니 다들 깊게 빠져듭니다.

가족시대라지만 우리의 대가족 풍경은 안방드라마에 아직 '쏴라'(alive) 있습니다.

등을 밀지 않은 까닭입니다

요즘 다들 '새우등' 자세가 되어갑니다. 자라보고 놀란 것처럼 가슴을 움츠립니다. 걸음걸이도 부쩍 자신감이 없어 보입니다. 취준생과 대학생은 물론이고 중고생, 심지어 초등학생마저 그렇게 보입니다.

그래서 그런지 씩씩한 3군 의장대나 금의환향하는 외국근로자들처럼 가슴을 활짝 펴고 당당히 걸어가는 멋진 모습을 보기가 쉽지 않습니다. 왜일까요? 메주는 그 원인 중 하나가 '소홀한 등밀기'라고 생각합니다.

샤워가 일상이 된 요즘, 언제부턴가 우린 목욕문화에서 '혼자'가 되었습니다. 다양한 일인용 목욕용품과 샤워용품도 개발되었습니다. 아버지와 아들, 형과 아우, 어머니와 딸, 언니와 동생은 이제 완전히 분리된 목욕과 샤워의 주체가 되었습니다. 모녀간에 일상얘기를 나누며 서로 등을 밀어주고 머리를 감겨주던 '살핌목욕'도 점점 사라지고 있습니다. 이런 상황에서

두 끼 국밥값 요금인 등밀이를 잘 모르는 이에게 '거저' 부탁한다는 건 어려운 일이 되었습니다. 대부분 사우나에서 유료로 해결하거나 부부끼리 해결합니다. 이런 까닭에 땀 흘린 후 서로의 등을 **빡빡** 밀어주는 운동선수들의 '박력'이 부럽고 시원하게 느껴집니다.

휴일을 맞아 장모님과 사우나에 가는 아내가 꽤 분주합니다. '핵심임무'는 반드시 수행하고 돌아오리라 믿습니다.

똥을 눕니다

다행히 잘 먹고, 오늘도 '볼일'을 잘 보았습니다. 소화기관은 정상 가동 중입니다.

입으로 들어간 음식물은 식도를 거쳐 위에 도달합니다. 준비하고 있던 일꾼들은 열심히 소화액을 분사하여 포장하고, 간과 쓸개의 도움을 받아 이를 충분히 섞습니다. 이후, 소장에서 충분한 분류작업을 통해 알짜는 몸으로 돌려보내고, 나머지는 대장에서 최종검수 후 몸 밖으로 내보냅니다. 말은 쉽지만, 생각할수록 오지고 기막힌 공정입니다.

똥오줌을 잘 눌 수 있는 한, 우리는 초콜릿공장 못지않은 '첨단공장'의 대표이사며 공장장입니다.

액센트가 필요합니다!

신문사와 출판사의 대장은 데스크(desk)입니다. 논설주간, 편집국장 혹은 편집장인 그들의 호흡 한 모금, 판단 한 조각에 따라 그 출판물의 생사여탈이 결정됩니다.

평범한 취재기사도 그들의 마법 같은 주문에 싱싱하고 새뜻한 열광의 도가니가 됩니다. 마감시간인 데드라인(dead-line)에 걸려 모두들 초조해하고 애를 태우는 순간에도 그들은 '생각외로' 태연합니다. 생각하는 '한방'이 있기 때문입니다.

그게 바로 '액센트'입니다. 글을 풀어나가는 중요한 소재 즉 '횟감'의 탁월함을 그들은 잘 알고 있습니다. 그건 단어일 수도, 물감일 수도 혹은 욕일 수도 있습니다. 여러 소재를 감칠맛 있게 엮어 나갈 그 one-point를 위해 그들은 '뼛속이 저리도록' 고민합니다. 마지막 지성까지 탈탈텁니다. 그러다 어느 한순간, 그 액센트를 통해 원고는 마감됩니다. 꽤 오랜 기간 신문을 보고 있지만, '액센트'없는 사설을 만나는 하루는 여전히 허전합니다.

귀하의 '액센트'는 무엇입니까?

딱! 입니다

쿠션같은 탄성이 좋아 베개를 샀습니다. 며칠 사용해 봤는데 생각보다 탄성이 너무 셌습니다.

잠을 자려고 이리저리 머리를 돌려봐도 포근히 받아주지 않고 밀어냅니다. 근 일주일을 씨름해 봤지만 적응이 되지 않아 포기했습니다. 그러다가 우연히 소파의 등받이로 사용해 봤는데 이런! 딱 맞았습니다.

그동안, 베개란 허명(虛名)에 매어 괜히 시간만 낭비했다는 생각이 들었습니다. 집에 있을 땐 남편의 트렁크 속옷이 오히려 편하다!는 어느 중년여성의 수줍은 인터뷰가 생각났습니다.

명칭보다 용도가 중요할 때가 많습니다.

알람이 그리워질 때

알림시계가 따로 없던 시절! 부모님이 알람이었습니다.

[시험을 하루 앞둔 그날도 딸은 새벽 4시에 깨워달라고 '쉽게' 말하고는 잠에 빠져들었습니다. 잠깐 잠이 들었던 것 같은데 엄마의 목소리에 잠이 깹니다. 두어 번 뒤척일 때, 이번엔 아버지의 목소리에 눈을 비비며 힘들게 일어났습니다. 깨워줘서 고맙다는 인사는 생각조차 못한 채, 공부하는 '벼슬행세'로 모두의 새벽을 깨웠습니다.]

추정해보니, 우린 15세 전후였고 부모님은 45세 전후였습니다. 아! 부모님도 아직 한참 잠을 이기지 못할 젊은 나이었는데, 우린 너무 쉽고 편하게 알람을 선택하였습니다. 부모님의 약속시간은 어김없었고, 그들의 알람 목소리는 항상 낮고 부드러웠습니다. 그러나, 부모님이 거의 뜬눈으로 알람시각을 맞추어 깨워 주셨다는 걸 알기까지에는 세월이 꽤 흘렀습니다.

놀라운 건, 나이가 들수록 아침 눈꺼풀이 가벼워진다는 사실입니다. "5분만, 아니 1분만!"이라고 외치던 젊은 시절의 아침은 온데 간데 없고, 새벽을 기다리기도 합니다. 오히려, "아빠, 내일 새벽에 깨워줘!"라는 아들과 딸이 이제 곁에 없으니 섭섭하다고들 말합니다. 물론 알람시계가 넘쳐나니 그런 부탁을 들을 수도 없는 세상이 되었습니다.

깨닫는 건 알람 소리로는 부족합니다.

뒷일이 더 무섭다고요?

· 행사가 잘 마무리되면 다들 기뻐하며 수고를 얘기합니다. 하지만 평가 후 성과보고 할 실무자는 스트레스입니다.

· 늦었지만, 부모님의 대상포진을 발견하여 다행히 치료하였습니다. 하지만, '대상포진 후 신경통'이 올까 봐 두렵습니다.

· 산해진미를 실컷 먹었습니다. 다이어트로 가둬두었던 식욕이 풀린 후라 어찌해야 할지 난감합니다.

맞습니다. 하지만, 나중 일은 그 일 따라 합리적으로 처리하면 될 뿐입니다. 삽도 뜨기 전에 홍수를 걱정하는 우(愚)를 범하진 말아야겠습니다.

치과 포비아

일단 '쐐잉~' 하는 소리가 무섭습니다.

나의 의지와 관계없이 벌려야 하는 입이 아프고 치아에 부딪치는 기계의 찌릿한 접촉은 아찔합니다. 손과 어깨는 점점 경직되어 가고 온몸은 후끈 땀으로 멱을 감습니다. 입 부분만 내놓았지만 작은 구멍 틈새로 원장님의 비장한 얼굴이 보이니 더욱 긴장됩니다.

놀라운 건, 버티기 힘든 부분에서 기막히게 멈추고, 위로하고, 자세한 설명까지 들어오니 '죽었다 살아나길' 몇 차례 반복합니다. 앞으로는 치간칫솔과 치실을 사용해 '관리를 잘해야겠다!'고 다짐하는 찰나 고급사우나는 끝이 납니다.

방문이 두려운 곳, 그렇지만 원무안내는 가장 상세하고 친절한 곳, 다신 안 오겠다며 매번 다짐하지만 떠날 수 없는 곳, 치료가 끝나면 더없이 고마운 곳, 치과병원의 현주소입니다.

활엽수를 좋아하는 까닭

기어이 봄은 또 오고야 말았습니다. 수시로 비는 내리고, 거실 창가에 앉으면 졸음이 몰려옵니다.

엊그제 피었던 매화는 서서히 힘을 잃어가지만, 가로수 벚나무는 제법 물이 올랐습니다. 그렇지만 아직까지 주위의 산들은 '에버그린'입니다. 소나무 군단의 위용이 죽지 않았다는 증거입니다. 변함없는 그린(綠)을 자랑합니다. 그러나, 한 달만 지나면 역전될 것입니다. 사방에서 죽은 듯 고요했던 움들이 솟아나와 온갖 색 향연을 펼칠 것입니다. 신록이 꽃과 함께 산천을 수채화로 물들일 것입니다. 이들이 바로 활엽수(闊葉樹) 군단입니다.

그들은 지난 가을 무렵부터 하나둘씩 옷을 벗더니 마침내 나목이 되었습니다. 열매까지 내어주고 죽은 듯 말라버렸습니다. 자식들을 위해 당신 드실 곶감 한 톨 남기지 않으신 어버이처럼, 다 던져버렸습니다. 간혹, 정말 죽었나! 하고 잔가지를 비틀어보면 '아야!' 하고 소리를 지를 뿐이었습니다.

그들이 봄을 맞아 우리에게 희망을 줍니다. 기쁨을 줍니다. 예전과 이름은 같지만 '새싹아이'를 잔뜩 안고 나타나 웃으며 선보입니다. 이러니 기뻐하지 않을 수 없습니다. "아아, 너희들 용케도 살아 있었구나! 눈물 나게 반갑구면!" 그들도 서로 얼싸안고 소리칩니다. 가지와 잎이 붙어있는 한 올해도 치열하게 살아가자고 다짐합니다.

이런 모습을 즐기기에, 메주는 '무뚝뚝한' 에버그린(ever green) 보다 활엽수를 더 좋아합니다. 그러나, 사랑은... 사랑만은 '상록수'면 좋겠습니다.

새해 소원

새해(年)가 되었습니다.

새벽에 일어나 새로 떠오른 해(日)를 봅니다.

해는 달보다 약 400배 큽니다.

해 같은 큰 소망 꼭 이루시길 기원합니다.

포텐터진 날

유달리 말이 '잘되는' 날이 있습니다. 하고 싶은 대로 술술 나오고 단어도 평소와 달리 잘 떠오릅니다. 자신마저 '내가 오늘 왜 이러지?' 하고 놀랍니다. 포텐터진 날입니다.

포텐(potential)은 잠재력을 말합니다. 숨어 있는 힘입니다. 어디에 숨어있었는지 모르지만 어느새 지원군처럼 나타나 큰 힘이 됩니다. 물론, 포텐이 터지기에는 몇 가지 과정이 필요합니다.

경험이 그중 하나입니다. 성공이건 실패이던지 간에 많은 경험은 삶을 더 단단히 만들고 맛있는 과실을 영글게 합니다. 몸과 땀으로 얻어낸 끈끈한 포텐입니다. 독서도 포텐의 또 다른 자양분입니다. 간접경험의 꽃입니다. 사유의 창(槍)입니다. 침묵의 단어는 독서와 함께 흘러갔지만, 반짝이는 구슬처럼 포텐으로 터지게 됩니다. 그러나, 뭐니 뭐니 해도 포텐의 핵심은 열정입니다. 열정은 신화를 만듭니다. 불가능 속에서 가능의

틈을 발견하게 합니다. 이러한 도전과 신념 가운데 포텐이 팡팡 터집니다.

엊그제까지 미숙해 보이던 신인가수의 노래와 춤이 오늘따라 유난히 자연스러워 보입니다. 조만간, 그의 노력은 빛을 발할 것이며 포텐 터지는 날도 곧 올 것입니다.

순수가 보약입니다

햇빛은 너그럽습니다. 부드러우면서 강합니다. 소생의 힘이 있습니다. 곰팡이도 햇빛 앞에선 맥을 못 추니 햇빛은 최고의 방부제입니다.

햇빛처럼 소금도 순수합니다. 순수는 변하지 않고 부패하지도 않습니다. 소금으로 거른 된장과 간장 또한 순수하기에 진짜 보약입니다.

한국인이 여느 민족보다 순수한 까닭이 여기에 있는 것 같습니다.

부모님처럼

자녀의 새로운 도전에 부모도 긴장합니다. 어려운 영역이고 처음 접하는 분야일수록 더욱 그러합니다. 그렇지만 애써 표정 관리하며 격려합니다.

부모와 다른 길을 걷는 자녀는 부모에겐 큰 기대주입니다. 자신이 경험하지 못한 세계에 도전하는 것도 그렇거니와 그 도전으로 생계를 유지하며 일생을 살아가겠다는 것 자체가 흥미로운 일입니다. 혹여 자신과 관계있는 일을 한다면 조언과 조력 및 충고도 가능하겠지만 그렇지 못한 경우엔 사실 '기대 반 불안 반' 심정입니다. 그렇다고 억지 부릴 생각 역시 추호도 없습니다. 다 그들 인생이니까요.

최근 들어, 직장과 사업을 그만두고 부모의 일을 하겠다고 귀농·귀어·귀촌한 자녀들이 많습니다. 잘 나가던 일을 접고 새롭게 전환한 그들 중 상당은 자신의 선택에 비교적 만족한 다고 고백합니다. 어떤 이는 부모의 특수한 전공까지 이어받아 살아가니, 그들에게 부모는 스승이자 동학(同學)입니다.

 부모님의 길을 좇아가든지 아니가든지 그건 사실 중요하지
않습니다. 부모의 바람은 늘 자녀와 함께 하기 때문입니다.

비록 스크린이지만

골프, 축구, 야구, 승마… 없는 것이 없습니다. 바람, 햇빛 심지어 동반자의 감정까지 느낍니다. 대단합니다.

그러나, 이 놀라운 문화의 장막 뒤엔 1mm, 1m/sec에 끊임없이 도전해 온 위대한 공학지성들이 있습니다. '필드만이 최고!'라며 스크린 운동을 무시하는 이들도 더러 있지만, 착한 가격과 차별 없는 1인치의 매력에 모두가 빠져듭니다.

닫힌 장막의 파워가 생각보다 셉니다.

'마음의 드론'을 띄웁시다!

한(漢)나라 악부 서문행(西門行)에 나오는 작자미상의 시(詩)가 있습니다. 그 중 '백살도 못살면서 천년의 근심을 품고 살아간다'(人生不滿百 常懷千歲憂)는 구절은 꽤 유명합니다.

천년 만년 살 줄 알고 부리는 욕심이 근심을 낳는다는 사실을 잘 알면서도, 그 자리를 박차거나 물리치기 전에는 쉽게 헤어나오지 못함을 경고하고 있습니다. 일단 그 자리를 벗어나면 놀랍도록 고요를 느낀다고 하니 인생 참 알 수 없습니다.

평소, 마음의 드론을 띄어놓고 먼 곳에서 '나'를 바라보는 습관을 길러야겠습니다.

주부가 되기까지

자취 시절, 밥은 부담 없이 하는 수준에 이르렀는데 문제는 반찬! 무엇부터 시도할까 하다가 달걀찜에 도전하였습니다. 레시피 안내가 잘 나와 있더군요.

달걀을 풀고 간을 맞추어 뚝배기에 올렸습니다. 핵심은 불조절과 비주얼. 준비한 파를 첨가하고 고춧가루를 넣으니 대충 자세가 나옵니다. '뚝배기 윗저수지' 모양이 달걀만 해 질 때 고춧가루를 첨가하고 살짝 뒤집어 마지막을 익힙니다. 자! 완성되었습니다.

음식이 완성되기까지의 과정 하나만 보아도 이 세상의 주부는 철학자요 탐구가며 종합예술인임을 느낍니다.

초단(初段)이 아니고, 보통을 '넘은' 초단(超段)들 입니다.

반칙이지만

삶의 한 부분은 원칙을 지키는 일입니다. 반칙(反則)하지 않는 일입니다. 법은 원칙에 가깝습니다. 이런 분위기에선 간혹 원칙보다 도덕적 양심에 호소한 재판관의 판결이 화제가 되기도 합니다.

사실 원칙에만 매달리면 왠지 삶이 건조합니다. 재미가 없고 긴장이 됩니다. 법과 질서 등의 원칙도 사실 우리가 강제한 것이기 때문입니다. 그런 까닭에 우린 편한 상태, 긴장이 없는 환경을 희망합니다. 익명성이 보장된 타지나 타국에 가면 얼마나 자유로운지... 다들 아시잖아요! 아니, 당장 진한 선글라스만 쓰더라도 훨씬 자유로움을 느낍니다.

그렇습니다. 우린 기본적으로 법보다는 도덕적 판단에 의해 움직이는 존재들 같습니다. 양심(良心)을 지향합니다. 물론 간혹 불량한 이들을 만나면 분노하고 화가 나서 충돌하는 경우도 있습니다. 그러나 대부분 남에게 큰 피해를 주는 정도가 아니라면 그냥 넘어가는 일이 많습니다. 그것 역시 양심에 따른 판단입니다.

바빠서 택시를 탔습니다. 택시는 노란불 신호를 아슬아슬 지나쳐 제시간에 도착했습니다. 고맙다고 인사를 했습니다. 때론 택시의 반칙이 그리 밉지 않습니다.

고추 하나만 있으면!

무더위가 오면 채소가 부족해 식탁이 부실해지는 때가 있었습니다. 사시사철 하우스재배를 통해 특용경작으로 물량이 공급되는 요즘 세상엔 믿지 못할 얘기지요.

이때, 우리의 어른들은 특단의 무기를 꺼냈습니다. "거, 매운 고추 몇 개 주오!"라는 주문이 그것입니다. 찬물에 밥 말아 된장에 매운 고추를 찍어 먹다 보면, 어느새 밥그릇쯤이야 쉽게 비워진다는 논리입니다. 이따금 어린 자녀들도 어른들을 따라 토종된장에 고추를 찍어 먹다 눈물 콧물을 다 쏟으며 소리치고, 심하면 울면서 자리에서 방방 뛰기도 하였습니다. 여름날 저녁이면 하루걸러 이웃집 아이들의 '고추 먹고 맴맴' 소리가 울렸습니다.

아, 맞다! 초여름이라 요즘 입맛도 없는데 오늘 점심은 메주랑 함께 시원한 냉수밥에 '고된찍'이나 한번 해보실까요?

미소가 필요하다면!

억지 미소를 지어야만 하는 순간이 있습니다. 단체사진 찍는 일입니다. 나의 기분과는 상관없는, 다시 볼 수 없을 수도 있는 한 컷을 위해 순간의 미소표정을 지어야 합니다. 약간은 스트레스입니다.

사진사는 미소연출을 위해 갖은 노력을 합니다. 사진기를 거꾸로 들거나, 바지지퍼를 내리는 쇼를 하기도 하고 그것도 안 되면 유치한 '까꿍애교'까지 날립니다. 몇 차례 시도해 봤지만 맘에 들지 않았는지 그는 드디어 익숙한 '무기'를 꺼내고야 맙니다. 일명 '억지미소를 위한 조작적 단어 3종 세트'입니다.

1. 김~치~~ : 한국적이라 익숙하지만 치~~에 이르면 신맛이 강하게 나서 몇 명이 입을 다무는 바람에 실패확률이 높습니다.

2. 치~~즈! : 갑자기 메뉴국적이 바뀌며 미소라인이 옆으로 확 찢어집니다. 도톰한 우리 입 구조로 줄리아 로버츠 미소를

흉내 내려니 힘들어 멈칫합니다. 분위기 썰렁해집니다.

3. 승리의 파이팅! : 이건 말과 동작을 같이하는 복합행동인데 구호 때문에 활력은 좀 있지만 지루해 보입니다. 할 수 없이 손모양이라도 남과 다르게 하트모양을 만들려고 애씁니다.

오늘 헬멧 소년의 유쾌한 세상도전기인 영화 〈원더, 2017〉을 보다가 기분 좋은 미소구호가 떠올랐습니다. 뭐냐구요? 궁금하시죠? 여러분이 사진기를 들고 물어주십시오, 제가 외쳐 답하겠습니다.

(웃으세요. 뭐라 외칠까요? 메주님!)

개구리 뒷다리~ !

무명초는 억울합니다

길가 풀꽃이 바람에 흩날립니다.

이름 없는 풀, 무명초라 불립니다. 수수한 꽃술과 꽃잎도 여느 풀꽃과 다름없어 보이는데 말입니다. 코를 대고 맡아보니 은은한 향이 제법입니다.

그도 예전엔 이름이 있었겠지요. 부모님이 지어준 소박한 이름이 있었겠지요. 명성을 날릴 기대에 찬 풀꽃이름이 분명 있었을 겁니다. 하지만, 어느 해부터인가 이름을 잃었습니다. 길 가장자리 혹은 깊은 골짜기에 피어난 이유 때문이기도 했지만, 무엇보다 화려한 꽃과 향으로 '유명'해진 화초들 때문에 그는 점점 잊혔겠지요. 그러면서 한 번씩 불리던 이름마저 영영 잊혔겠지요. 머나먼 이국 땅에서 한 번씩 들었던 아리랑 곡조처럼 가물가물 잊혔겠지요.

모두는 무명(無名)이라 하지만, 무명초는 오늘도 전설 속의 이름을 홀로 되뇌이며 살아가고 있습니다.

싸리나무를 쓴 까닭

철쭉 사이에 박힌 잡초를 뽑다가 그중 가늘고 깨끗한 줄기와 잎을 가진 싸리나무를 발견하였습니다.

다른 잡풀처럼 쉽게 생각하여 뽑으려 하였지만 웬걸! 이토록 강할 줄이야! 한참을 씨름하다 그 뿌리를 캐내고서야 비로소 제거할 수 있었습니다. 싸리비를 엮어 쓰던 조상들의 지혜가 놀랍습니다.

매사 첫인상으로 쉽게 판단할 일은 아닙니다.

흙짝사이에 박힌
雜草를 뽑다가 그중
가늘고 깨끗한 줄기와 잎을
가진 싸리나무를 발견했다.

나물 잡풀처럼 쉽게
생각하여 뽑으려 하였지만
웬걸! 이토록 강할줄이야!

한참을 씨름하다 그 뿌리를
거내고서야 제거할수 있었다.
싸리비를 엮어 쓰던 면앙증의
지혜가 놀랍다 2019.8.17

만년필도 마중물이 필요합니다

가끔 만년필을 사용합니다.

만년필은 자유자지(自由自志)로 쓸 수 있다는 점이 매력입니다. 그런데, 며칠 안 쓰고 두면 잉크가 있는데도 촉이 말라 아무 반응이 없는 경우가 많습니다. 이럴 땐 할 수 없이 잉크마중물을 사용합니다. 왜 자꾸 마를까? '이건 참 불편한 것이군!' 이라고 생각했는데, 오늘 아침 문득 깨달았습니다.

萬..年..筆..(만..년..필..)

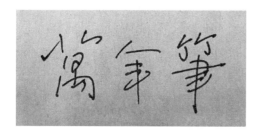

글자를 써 보며 자세히 살펴보니, 언덕 위에 '풀'이 많이 난 형세에 '대나무 숲' 역시 성성하더군요, '아! 알았다. 풀과 숲이 많으니 어찌 목마르지 않았으리오!'란 깨달음이 왔습니다. 앞으로는 수분을 자주 보충해 주어야겠다고 생각했습니다.

천년－'만년'의 명분도 '하루하루'가 쌓여 만들어집니다.

벗어나면 끊깁니다!

아침마다 오는 문자 안부와 메시지(message)! 바쁜 일상으로 모두 열지 못할 때가 많습니다. 그중 업무에 관한 문자는 꽤 스트레스를 유발합니다. 직장인이 가장 싫어하는 것 중 하나가 퇴근 후나 휴일에 오는 업무 문자라 하니 이해할 만도 합니다.

하지만, 감사해야 합니다. 하루에 오는 대부분의 '띵동'은 우리가 건강하게 살고 있다는 증거입니다. 직장이 있어서, 봉사 활동계획이 있어서 혹은 오랜 기간 교류하는 만남이 있었기에 가능한 격려이며 부탁입니다. 간혹 그 일이 귀찮다고 투정 부리지만, 놀랍게도 그 환경을 벗어나면 관심 또한 조금씩 끊겨 3개월 후엔 오히려 예전의 문자가 그리워진다 하니 아이러니합니다.

우리는 '관계로' 먹고 사는 존재들입니다.

만보를 걸으며

만보는 5~6km 정도의 거리입니다. 성인걸음으로는 약 한 시간 전후 소요되니 10분당 약 1km 정도를 걷는 셈입니다. 매일 걸으면 건강관리에 좋다고 하여 '맨발 걷기' 또한 유행입니다.

흔히, 익숙하다고 생각한 길도 걷다 보면 생경한 장면이 눈에 들어옵니다. 차를 타고선 무심히 지나쳤던 삶의 표정과 고된 생활의 모습들이 하나 둘씩 눈에 들어옵니다. 식당과 미용샵, 그리고 종교시설 등이 생각보다 많다는 사실도 알게 됩니다. 나와 같은 이유로 걷고 있을 숱한 사람들의 모습에서 문득 '나'를 돌아보게 됩니다. 이처럼 걸으면 누구나 철학자가 됩니다. 생각지도 못한 상념이나 아이디어가 스멀스멀 떠오르기도 합니다. 함께 걷는 동반자가 귀하고 고맙게 느껴집니다. 최소 만보 이상 걸어야 철학노트가 잘 가동된다는 점이 핵심포인트입니다.

만보(10,000보)는 걸음걸이 숫자만이 아닌 '철학여행열차'의 대표번호입니다.

눈이 커져야 끝납니다

TV의 일일드라마는 얼핏 보다가, 지켜보다가, 기다려보는 인기 프로그램입니다.

그 내용은 '달달썸', 삼각관계, 야망과 배신, 가족사랑 등 흔한 레퍼토리의 반복이 대부분입니다. 숨 막히는 반전과 독설 그리고 깜짝 결단에 점점 빠져듭니다. 드라마의 인기가 오를수록 배우와 명대사 및 OST는 주목받아 유행을 이끌고 마침내 시대의 아이콘이 됩니다. 재미있는 건, 일일드라마의 끝 장면은 다들 알고 있다는 점입니다. 답은 글 제목에 이미 밝혔습니다.

오늘 저녁 드라마에선 누가 '토끼눈'이 될지 궁금하군요.

미간테이프를 붙이며

주름살은 세월 훈장입니다.

이마주름과 안면 팔자주름과는 달리 십일자(川)나 내천(川) 모양의 미간주름은 인상을 좌우하기 때문에 조금 신경쓰입니다. 그까짓 주름이야 보톡스나 필러시술로 간단히 처리하면 된다고 하겠지만 마음먹기가 쉽지 않습니다. 그래서 택한 것이 미간주름을 펴는 테이프입니다. 외국에도 몇 종류가 있어 살펴보니 가격이 꽤 비쌉니다. 할 수 없이 시중에 파는 사무용 스티커 중 점도가 적당한 것을 골라 사용해보니 그런대로 괜찮습니다. 이젠 취침 전의 일상이 되었습니다.

세월에 맞서 자연스런 인상이나 표정을 지키려는 노력은 꽤 어려운 것 같습니다.

힘 빼는 지혜

동서고금을 막론하고 일관된 지혜가 하나 있습니다. '힘을 빼는 일입니다'. 여기서 말하는 힘은 근력인 파워(power)와 유동체인 마음(psyche)을 모두 포함합니다.

힘을 쓰는 근력은 경직과 유연을 반복합니다. 외부에서 압력이 가해질 때 근육은 경직되어 방어를 합니다. 긴장과 공포가 가해지거나 심리적으로 위축되거나 불안할 때에도 근육은 경직됩니다. 이런 까닭에 경직의 여부만 봐도 결과를 예측할 수 있습니다. 잘 훈련된 복서의 눈빛은 예리하지만 근육은 유연하고 여유가 넘칩니다. 반면, 오랜만에 복귀한 챔프의 표정은 유연해 보이나 근육은 이미 돌처럼 굳어있습니다. 결과는 이미 결정되어 보입니다.

힘을 뺀다는 건 유연해짐을 말합니다. 힘을 빼면 뺄수록 골프의 드라이버 비거리는 늘어나고 피니쉬 동작도 멋지게 나옵니다. 힘이 빠지면 서예의 파임과 삐침, 갈고리 획이 잘 써집니다. 힘을 뺄수록 펜글씨도 유려하며, 젓가락질과 운전, 연주 및 요리마저 본래의 '맛과 소리'를 느낄 수 있습니다. 또한, 힘을 뺀다는 건 솔직해지는 일입니다. 힘을 뺀 강사에게 청중의 몰입은 깊어지고 강사 역시 여유가 생깁니다. 많은 웃음과 박수에 유연함까지 더해져 강연은 성공하게 됩니다. 솔직한 사람을 만나 함께 솔직해져서 그와 절친이 되었다는 경험을 종종 듣습니다.

문제는, 이 놀라운 지혜를 깨닫기까지는 어쩔 수 없이 숱한 도전과 역경을 헤치는 경직의 과정을 '누구나, 한 번쯤은' 거쳐 야만 한다는 사실입니다.

자기 속도로

유달리 밥을 빨리 먹는 친구가 있습니다. 남들은 한참 진행 중인데 그는 거의 마무리일 때가 많습니다. 차거나 뜨거운 음식, '육해공군' 가리지 않고 전투기 속도를 내기에 다들 웃으며 볼멘소리를 합니다. 그래도 분위기는 좋습니다.

그의 마무리 동작에 함께 식사하던 이들의 속도가 갑자기 빨라집니다. 즐겁던 대화는 끊기고 남아있던 반찬과 국물도 게 눈 감추듯 사라집니다. 먼저 식사를 마친 그는 물을 마시면서 아예 영양제까지 넘깁니다. 이러다 보니, 조금 전까지 이야기를 주도하던 친구 중 한 명은 땀을 뻘뻘 흘리며 남은 밥을 '꼴딱꼴딱' 삼킵니다. 보기에는 안타까운 장면이지만 크게 웃을 수도 없습니다. 남은 음식을 음미하며 즐기기엔 그는 이미 늦어 보입니다.

빠른 식사는 대부분 습관이라고 합니다. 식사환경이나 조건이 그다지 녹록지 않다 보니 어쩔 수 없이 굳어진 것이란 주장이 많습니다. 그러나, 그는 혼자 먹는 시간에도 그 속도가 거의 변함이 없습니다. 식탐 때문이라고요? 하하, 식탐이라면 물론 자제해야겠죠. 하지만, 그 친구는 식사 외의 업무도 적극적이고 빠르게 합니다. 피드백(feedback)을 유난히 강조하는 회사의 성과업무 분위기에서도 저돌적인 추진력을 발휘하니 꽤 인기가 있습니다.

방금 그에게서 점심하자!는 문자가 왔습니다. 오늘은 메주 페이스(pace)대로 천천히 먹겠노라! 맘먹습니다. 그래도 혹시 몰라, 소화제는 한 알 챙겨두었습니다.

모두 숨죽였습니다 - 영화 〈트루먼쇼〉

트루먼은 태어나면서부터 주목받았습니다. 이유식과 걸음마 연습, 글씨와 숫자 익히기도 세계인들과 함께 했습니다.

시간이 갈수록 몰래카메라에 잡힌 그의 일거수 일투족(一擧 手 一投足)은 누구나 아는 일상이 되었고 그의 관심 물건은 베스트상품이 되었습니다. 모두는 그가 울 때 울었고, 웃을 때 함께 웃었습니다. 그는 훌륭한 화젯거리이자 풍성한 '안줏감'이었습니다.

그런데, 언젠가부터 그가 힘들어했습니다. 잘 웃지도 않고 기회만 되면 사람들을 피해 꽁꽁 숨으려고만 하였습니다. 큰 고민이 생긴 듯 아니, 소우주의 강렬한 호기심이 그를 자극한 듯, 포위된 자칼처럼 도시를 벗어나고자 몸부림쳤습니다.

모두는 처음 보는 그의 모습에 당황하고 긴장하였습니다. 예전의 '평범한' 트루먼의 모습으로 돌아가길 바라는 한편, 차라리 '진실과 대면'하는 극적 상황이 생기길 두려운 마음으로 지켜보았습니다. 거친 파도에 찢기고 몸부림치다 갑판에서 힘없이 쓰러져 가는 그를 눈물로 지켜보면서도 끝까지 버텨주길 바랐습니다. 그러면서, 지금까지 '이유 없이' 즐겼던 그들만의 '환희의 몰카'가 사실은 무서운 폭력이자 자기기만이었음을 깨닫게 되었습니다.

다행히, 트루먼은 어둠과 미지의 불안에 조금도 굴복하지 않고 당당히 나아갑니다. 그가 포기하지 않았기에, 우주의 질서인 해와 달마저 조작할 수 있다는, '미친 믿음의 쇼'는 실패하고 맙니다. 결국, 본색이 드러납니다. 좌절할 줄 알았던 트루먼이 '진짜의 세계'로 당당히 걸어 나가기 위해 웃으며 허리굽혀 인사하는 장면은 뭉클한 감동을 줍니다.

그 다음에 나올 환호와 눈물의 컷은 메주가 가장 좋아하는 장면입니다. 자세한 설명은 아직 쇼를 만나지 못한 이들을 위해 '보안 관계상' 생략하겠습니다. 양해바랍니다.

환기를 못하니

뜻하지 않은 태풍이 연달아 몰려왔습니다. 간밤, 특집 속보 방송은 제주도 먼바다에 상륙한 태풍이 한반도 전역을 곧 지나갈 것으로 예측합니다. 950헥토파스칼(hpa)이 넘는 무서운 기운이 밀려온다니 우선 걱정이 되었습니다. 집의 창과 문을 꼭 닫고, 눈과 귀는 반쯤 열어둔 채 잠을 청합니다.

밤새 비와 바람이 쉴 새 없이 불어대니, 반쪽의 이목(耳目)은 깨어 주위를 살핍니다. 이제 지나갔겠지? 하고 창문을 조금 열어 살펴보니, "나야 나, 나 아직 안 죽었쓰!" 하며 껄껄껄 웃는 풍신(風神)의 기세가 대단합니다.

어느덧, 조용해졌습니다. 잠을 푹 잔 이들에겐 상쾌한 아침이겠지만 밤새 안전을 돌보느라 이목(耳目)이 노출된 이들에겐 다소 피곤한 기상입니다. 모두에게 아무 피해가 없기를 바랄 뿐입니다. 일상을 다시 환기하는 일이 이다지 좋은 것임을 예전엔 미처 몰랐습니다.

자신의 보물은 알지 못한다

늦게서야 알게 됐지만... 고맙습니다.

머리숱 많음이 보물임을 깨닫지 못하고 어머니 닮아 관리하기 불편하다고 외려 원망을 한 번씩 했었는데, 최근 지인들의 '탈모한숨'에 정신이 번쩍 들었습니다.

깨닫기까진, 누구에게나 자기의 보물(寶物)은 감추어져 있습니다.

14개의 형설(螢雪)

어쩌다 새벽 4시 반에 잠이 깨어 일어났습니다.

그냥 다시 잠자리에 들어 막잠을 청할까 하다가 포기했습니다. 거실에 나와 창밖을 보니 어여쁜 달님이 청청히 떠있습니다. 달은 어느 시인의 감상처럼 '어어쁜 선녀'와 '외로운 길손'이 되어 이 한밤을 보내고 있었겠지요!

아무 등도 켜지 않은 채 거실소파에 앉아 살펴보니, 이런! 사방이 불빛잔치입니다. 작은 놈부터 찌그러진 놈, 노란빛, 흰빛, 빨간빛 등 '온갖'입니다. 어떤 애는 반짝반짝 쉬지 않고 신호를 보냅니다. 밤은 모두를 쉬게 만든다고 하지만, 아니었습니다. 그들은 인간이 잠든 사이 수없는 잡담과 정보를 교환했을 것입니다. 어둠에 눈을 뜨는 올빼미처럼 밤의 전설을 가꾸고 쌓았을 겁니다. 가전과 가구마다 인식표처럼 붙어 살아가고 있지만 어찌 보면 또 하나의 생명체로 느껴집니다. 자세히 세어보니 총 14개나 되었습니다. 놀랍습니다.

공부하고 싶은 간절함을 반딧불이(螢)와 흰 눈(雪)에 기대어 풀었던, 오래전 선비에게 왠지 미안한 마음이 들었습니다. 아까운 빛의 향연을 하나도 즐기지 못하고 날려 보내고야 마는 이 '새벽의 소모'에 열네 배 미안한 마음이 들었습니다.

인식하지도, 즐기지도 못한 채 흘려보내는 소모가 세상엔 참 많습니다.

파스를 붙입니다

혼자서 파스를 붙이려 하니 어떤 부위는 쉽지 않습니다. 몸을 비틀어서 아픈 부위를 '꼭꼭' 눌러 확인한 후에야 겨우 붙입니다.

사실, 아픈 부위는 본인이 제일 잘 압니다. 그럼에도 불구하고 주위에 사람이 있으면 붙여달라고 부탁하게 됩니다.

통증의 위치나 수고보다는 '위로'가 우선인 까닭입니다. 이왕이면 '따뜻하게' 붙여 주어야겠습니다.

3부

얼떨결에
라떼가
되었습니다

엄마, 밥 줘!

신나게 뛰어놀다 지쳐 물 한 모금 먹고, 그러다 또 정신없이 놀았던 어린 시절! 밥은 잊었습니다, 엄마도 잊었습니다.

하나 둘씩 호출당해 사라져가는 친구들을 뒤로 한 채 아쉬워 집에 들어서면 부엌에 계신 엄마가 보였습니다. 순간, "엄마아! 바압!" 맞다, 밥이 생각났습니다. 엄마는 정말 좋은 밥입니다.

이 세상의 맛있는 음식의 수는 이 세상에 존재하는 어머니의 수와 같습니다.

보약을 캤습니다

운동 다녀오시던 어른이 대물을 캐오셨습니다. 이름하여 '자연산 달래'!

후아! 머리가 웬만한 대파보다 크고 길이가 107cm입니다. 메주도 처음 봅니다. 매일 다니던 길에서 약간 벗어난 밭 가장자리 돌 틈에 있었는데, 풀도 아니고 그렇다고 달래라면 너무크다!고 생각하시면서 캤다고 합니다. 적잖이 3년은 넘게 그 좁은 틈에서 살았을 이 '고참'을 '진짜어른'이 구제했기에 그나마 다행입니다. 오늘 저녁식탁은 달래 향으로 가득할 것 같습니다.

부부는 '쉿!' 해도 건넌방 노인은 '척' 하고 압니다. 잎만 보고도 뿌리를 알아내는 '세월 구(九)단'이기 때문입니다. 세월이 보약을 키웁니다.

노턱을 입으며

뱃살이 나오면 불편합니다.

식사 후 허리춤이 답답하여 후크를 열고 싶지만 참습니다. 이 불편함을 덜어주고자 바지에 한 줄 혹은 두 줄의 주름을 잡아넣습니다. 일명, 원턱과 투턱 바지입니다. 한때 유행했습니다.

한편, 노턱(no tuck)은 말 그대로 잡아넣은 주름이 없는 상태를 말합니다. 일자로 밋밋하게 뻗어있어 단정하고 깔끔합니다. 청바지처럼 앞주머니가 있는 노턱바지는 그 디자인 자체로 자유로움을 더하기에 똥배 나온 중년들의 로망패션입니다. 그들도 한 땐 날씬한 노턱이었습니다.

다이어트 성공 후 입을 노턱바지는 미리 사두었습니다. 언제 노턱과 만날지는 기약할 순 없습니다. 그렇다고 하여, 포기할 순 없습니다. 노턱을 포기하는 건 자유를 포기하는 것이라 믿기 때문입니다.

그는 오늘도, 꿈에서나마, 두 손을 앞주머니에 넣고 장발머리를 휘날리며 '거만하게' 거리를 활보할 것입니다.

비오는 날, 단팥죽 한 그릇

비오는 날엔 왜 단팥죽이 생각날까!

어릴 적, 공원 오르막길에 단팥죽 가게가 있었습니다. 아들은 침을 꼴깍 삼켰지만, 엄마는 단팥죽에 눈길 한번 주지 않고 총총히 앞서서 가셨지요. 한마디 말도 못하고 아! 애써 발길을 돌렸던 소년.

어느덧 중년이 된 그 소년은 비를 핑계 삼아 단팥죽을 즐깁니다. '비가 와서'라고 변명했지만, 사실은 형편이 어려워 아들에게 단팥죽 한 그릇 사줄 수 없었던 젊은 엄마에 대한 '짠한 그리움' 때문이란 걸 아내와 형제들은 잘 알고 있습니다.

내일 또 비가 온다고 합니다.

커져 갑니다

명절이 다가올수록 어르신의 목소리는 점점 자신감이 차오르고 커집니다.

기차가 고향에 다가갈수록 '찐' 고향사투리가 튀어나옵니다. 물 좋은 놈 경매받은 날, 생선장수 김씨의 목소리도 더 활기찹니다. 오랜 세월을 이기고 최근 합격한 딸과 대화하는 엄마 목소리가 미소와 함께 커져갑니다.

믿는 뭔가가 있을 때... 우리의 목소리는 커집니다.

맑은 눈동자

건강한 눈은 맑고 투명합니다.

맑은 눈동자의 그를 봅니다. 지리산 깊은 암자, 무청시래기와 소금으로 홀로 겨울을 이겨냈다는 그의 눈은 생기가 넘칩니다. 볼은 홀쭉해졌지만 얼굴 빛은 어린아이 볼처럼 맑습니다.

그가 차를 권합니다. 눈(雪)처럼 맑은 녹차 맛은 순합니다. 오늘은 아무 얘기도 하지 말고 차만 마시고 가라 합니다. 공부하러 왔다가 도인이 다 되어가는 그를 보니 언젠가는 그의 이름마저 잊을 것 같다는 생각이 듭니다. 오늘은 친구도, 나 자신도 잊고 싶은 밤입니다.

산속은 칠흑 같지만, 우리의 밤은 침묵 속에 외려 빛납니다.

"피 좀 많이 빼주시오!"

간혹 한의원에 갑니다. 주로 근육이 뭉쳐 불편하거나 골절이나 염좌가 발생한 경우 한의(韓醫)가 우선 떠오릅니다.

한의 처방중 '일침(一鍼), 이구(二灸), 삼약(三藥)'이 전해오는데, 침과 뜸 그리고 약의 순으로 처치하거나 처방한다는 의미로 이해하고 있습니다. 세 가지의 효능을 경험한 이들은 사혈침과 뜸을 집에 비상으로 두고 응급가술하기도 합니다.

한의원에서 진료를 받다 보면 커튼 넘어 들리는 이모뻘 어른들의 '인간적인 요구'에 웃음을 참기 힘들 때가 많습니다. 그중 하나가 "원장님! 피 좀 많이 빼주시오~!"입니다. 처음엔 무슨 말씀인가 섬뜩했는데, 그 내용을 알고 나니 저절로 웃음이 나왔습니다. 내용인즉, 어르신의 뭉친 근육부위를 풀고자 부항 시술을 하는 중인데, 그 처치의 경중과 강도를 충분히 고려하였음에도 불구하고 더 사혈해달라고 요구하신다는 얘기입니다. 즉, 당신께선 연세가 드신 까닭에 피가 맑지 못해 자주

아픈 것이니 '나쁜 피를 많이 뽑아버려야 한다'고 생각하신다는 해석입니다. 진위야 어떻든 '고인 물은 빼버리고!' 건강히 살고 싶어 하시는 어르신들의 순수한 '자가 처방지혜'가 엿보입니다.

이어진 젊은 한의사의 맞장구가 노련합니다. "어르신! 피 많이 뽑다가는요, 어지러워서 댁에 못 찾아가셔요! ~"

일단 담습니다

가끔 재래시장에 갑니다. 아울렛이나 로컬푸드 못지않은 깔끔함과 편리함에 놀라고 인파에 더 놀랍니다. 무엇보다 시장만의 활발한 열기와 공기가 좋습니다.

그날도 시장골목의 한 편 공간은 육 쪽 마늘상의 차지였습니다. 가격을 물어보기가 바쁘게 상인은 다발마늘의 머리를 커다란 작두에 밀어 넣고선 흥정합니다. 망설일 틈을 주지 않는 경영전략이 탁월합니다. '선빵으로' 파고들어 샅바를 잡고 엉덩이를 길게 빼는 씨름장사의 모습이 떠오릅니다.

시장 노점의 끝부분에 앉아계시던 인상 좋은 할머니 상인과도 눈이 마주쳤습니다. 아내가 가격을 묻기도 전에 그녀 역시 담고 있습니다. 아내는 이미 지갑을 열었습니다. 재미있고 즐거운 장면입니다.

서로 이해하는 '밀당'이 있는 한 재래시장은 여전히 '활기차고 즐겁게' 살아 있습니다.

자연 앞에 서면

내 자신이 드론이 되어 천리 창공에서 아래를 내려 봅니다.

바다는 작은 저수지만 하고, 산과 들도 한 가닥 실타래로 보입니다. 바람은 한 갈래 연기처럼 수만리를 오갑니다. 해안가 방파제나 건물들이 아주 작고 아슬아슬해 보입니다. 맘만 먹으면 큰 파도가 훌쩍 넘어가 모두 쓸어버릴 것 같습니다. 상공으로 올라가면 갈수록 자연에 맞선다는 고집이 더욱 어리석어 보입니다. 가공할 그 힘을 인정하고 잘 활용하는 자세가 순리임을 인정합니다.

혹시, 우리가 기린처럼 큰 키에 독수리같이 넓은 날개가 있었다면 이 이치를 더 빨리 깨우쳤을까요!

그리운 배꼽시계

놀랍네요, 매 끼니 시간을 다 맞추다니요! 빈곤하던 시절엔 슬픔의 연주였고, 풍요로울 땐 휴식을 알리는 신호였지요.

슬프게도, 음식이 당기기 시작한 몇 년 전부터 메주의 배꼽시계는... 거의 고장입니다.

'책은 책이고 나는 나'

'서자서 아자아'는 글을 읽되 집중하지 않으면 헛일이라는 경계의 말입니다.

오랜 굶주림으로 어미의 젖은 이미 말라버렸는데 송아지는 이리저리 젖꼭지를 물고 헛입맛을 다십니다. 모든 친구들은 산천, 소나무 그리고 로봇과 용궁을 잘도 그리지만 3학년 지수는 하얀 도화지를 앞에 두고 어찌할 바 모릅니다.

쥐어짠다고 젖이 나오지 않듯, 억지로 쥐어짜서는 글 한 줄 쓸 수 없고, 그림 한 점 그릴 수 없습니다. 책과 내가 '하나가' 되었을 때 독서가 되는 이치입니다. '책은 책이고 나는 나'(書自書 我自我)라면 평생 헛공부입니다. 그런 까닭에 다들 포기하거나 도망칩니다.

책은 정신의 거름입니다. 정신이 충만(充滿)할 때 나와 진정한 하나가 됩니다.

당기는 비쥬얼 - 알 도루묵구이

이름 앞에 '알'을 붙이니 더 구미가 당깁니다. 언제부턴가 삼겹살 앞에 '꽃'이 붙여졌듯!

그댄, 그대 이름 앞에 어떤 '에지(edge)'가 필요합니까?

전임자와 후임자의 자세

누구나 새로 일을 맡게 되면 막중한 책임감을 느낍니다. 반면, 물러나는 이는 후련함과 동시에 다소 아쉬움이 남는다고 말합니다. 이런 까닭에 두 사람의 거취가 중요합니다. 이에 대해 저명한 어느 원로(元老)는 이렇게 조언합니다.

"전임자는 현임에 간섭하고 끼어들면 안됩니다. 후임자의 업무가 어려워지면 전임자의 책임도 있습니다. 후임자도 전임자의 잔영(殘影)을 단시일에 지우려하면 안됩니다. 지우개로 세게 지우려하면 종이가 찢어집니다. 가만히 두어도 시간이 지나면 옛 글씨는 퇴색(頹色)하기 마련입니다."

무소불위의 권세도 십 년을 넘기 어렵고, 화려하게 핀 꽃도 십 일을 버티기 힘드는 법! 후임자도 머잖아 전임자가 되는 까닭입니다.

한땐 중요했지만, 지금은 아닌 경우도 꽤 많습니다.

나는 눈치 있는 사람일까?

업무관계로 만난 네 사람이 점심 식사하러 백반집에 갔습니다. 맛있는 나물반찬과 된장국, 그리고 잘 구워진 조기 네 마리가 나왔습니다. 그런데, 맛있게 식사하는 도중 난감한 일이 발생하였습니다.

당연히 한 마리는 자기 몫이라 생각하여 여유 있게 국과 반찬을 먹는 세 사람과 달리 B가 조기 한 마리를 순식간에 해치우고는 바로 두 마리째 도전한 것입니다. 순간, 세 사람은 당황하였습니다. 가까운 친구나 동료라면 '한 사람의 몫'을 바로 지적하며 얘기하겠지만, 업무상 조심스러운 관계라 황당함을 표할 수도 없었습니다. 그렇다고 남은 두 마리 가운데 한 마리를 가져다 먹기에는 자신도 '또 다른 B'가 될 것 같아 주저하였습니다. 세 사람이 조기를 먹지 않고 젓가락을 허공에 빙빙 돌리는 사이 두 마리를 '쩝쩝'한 B 왈, "왜요? 조기들 드시지요~ 저는 생선을 아주 좋아합니다"라고 하는 바람에 세 사람은 아예 얼어붙고 말았다는 얘기입니다.

뭐 그까짓 조기 한 마리 가지고 그러느냐?라든지, 부족하면 주인에게 더 달라하면 되지 않느냐!의 반론이 나올 수 있습니다. 물론 옳습니다. 추가주문은 언제나 가능하겠지요. 그러나 문제는 '상식의 룰(rule)'이 깨져버린 상황에 있습니다. 소위 '보편적 눈치'의 문제입니다. 물론, B의 입장에서도 두 가지 정도 억울한 항의가 있을 수 있습니다. 하나는, 식사를 하는 반상에서 1/n의 관념이 뭐가 필요하냐!라는 것입니다. 그에겐 당연한 생각일 수 있습니다. 다른 하나는, 맛있게 먹고 부족하면 주인장에게 얼마든지 시킬 수 있는 것인데 '짜잔하게' 그까짓 조기 한 마리를 가지고 그러느냐는 생각이 그것입니다. '짜잔하게' 말입니다.

우리는 '짜잔하게'라든지 '남자(혹은 여자)가 말이야' 등의 자존심을 긁는 부사나 형용사, 그리고 주체어휘에 대단히 민감합니다. 이 경우 주위를 살피거나 상대방의 눈치를 보게 되는데, 이때의 눈치가 상당히 중요한 판단 준거가 됩니다. 이 준거에 따라 자신의 호불호나 입장만을 내세우지 않는 배려의 사람으로 비쳐질 수 있고, 반대로 이기적이고 몰상식한 '고문관'이 될 수도 있습니다. 물론 세 사람도 문제가 있습니다. 동작이 굼떠 자기 몫을 챙기지 못한 잘못도 있겠지만, 무엇보다 먼저 선언하지 못한 잘못이 있습니다. 맛있는 조기가 나왔을 때 누군가가 '아, 맛있겠습니다, 한 마리씩 드십시다!'라고 외쳤다면, 아니면 B가 두 마리째 들었을 때, '사장님! 여기 조기 더 주십시오, 다들 너무 좋아하시네요'라고 외쳤다면... 어떻게 됐을까요?

답답한 현대를 살아가는 우리! 울화통이 나고 짜증이 밀려들 때도 애써 감정을 삭히며 눈치껏 살아갑니다. 속 좁은 눈치를 너무 자주 봐도 안되겠지만, '속 없는' 눈치 또한 피해야겠습니다. 조금 짜잔하게 보여도 말이죠.

때마침 찬물에 밥 말아 구운 조기를 먹고 있는 아내가 이 얘기를 듣고 '눈치있게' 웃습니다.

난이 활짝!

素心이 보기 좋습니다.

소심난(素心蘭)이 피었습니다.

하얀 속잎을 보고서야 소심(小心)이라 쓰지 않는 까닭을 알
았습니다.

참 지식은 친절합니다

내 보기엔 보잘 것 없는 정보도 상대방에겐 큰 정보입니다.

나의 느낌, 나의 관념으로 판단하기엔 한없이 낮고 유치해 보이나 그것 또한 지식입니다. 문제는 그 지식의 제공방식과 나눔의 자세에 있습니다. 친절하고 정확한 안내에 있습니다. 지식의 양과 질보다 중요한 건 그걸 받아들이는 클라이언트의 감동효용이기 때문입니다. 클릭(click) 하나로 손쉽게 안내해 줄 수 있는 정보를 노하우(know-how)인양 감추거나 방치하는 건 지독한 자기오만입니다. 세상의 지식은 이미 누구나, 언젠가는 다 알도록 공개되어 있기 때문입니다. 지식인의 고민은 여기로부터 출발해야 합니다.

세상에는 저만의 얕은 지식으로 문외한(門外漢)을 힘들게 하는 '불친절'이 널려 있습니다.

두려움에 대하여

밤에 낚시로 강붕어 몇 마리를 잡았습니다. 사이즈가 작은 건 풀어주고 손바닥급 이상 몇 마리만 집에 가져왔습니다. 집의 어른이 생각나서입니다.

일단 물에 담가두었는데 여덟 마리 모두 기운이 팔팔합니다. 민물 제왕다운 위용이 넘칩니다. 문제는 손질입니다. 붕어찜은 둘째치고라도 우선 이놈들을 제압해야겠는데 그리 쉽지 않습니다. 아내에겐 깨끗이 손질해주겠노라! 호기 있게 말했지만 생물(生物)이라 선뜻 손이 가지 않습니다. 결국 '너흰 인간을 위해 희생하는 걸 큰 영광으로 알거라!'라고 일갈 후 인터넷의 정보에 따라 작업에 들어갔습니다. 먼저 머리를 두어 번 탁탁 때려 기절시킨 후 비늘을 벗기고 지느러미를 제거하였습니다. 다음, 배를 갈라 내장을 제거한 다음 흐르는 물에 깨끗이 씻었습니다.

그런데, 준월척 수준의 '그놈'을 손질하려고 쥐었을 때의 느낌은 낚시할 때와는 강도가 너무 달라 깜짝 놀랐습니다. 전자가 희열의 감정이었다면 후자는 음 뭐랄까... 두려움이었습니다. 생명에 대한 느낌, 아니 생명자체의 강인함과 몸부림이 그대로 전달되는 느낌을 받았습니다. 밤에 산오솔길을 가다가 마주치는 두려운 존재는 들개도 멧돼지도 아닌 말 없이 바위에 '어둡게' 돌아앉아 있는 사람이라는 얘기가 떠올랐습니다.

　우린 생각하는 까닭에, 생명의 소중함을 알고 있기에 더 두려움을 느끼는 존재들입니다.

나머지(remainder)

"두 사람은 가시고 '나머지 분'들은 남아서 얘기 더 들어주십시오!" 주변에서 흔히 듣는 말입니다. 하지만, 예민하신 분들은 이 말을 듣고 "아니, 물건도 아니고 사람에게 '나머지'가 뭐냐!"고 지적할 수 있습니다. 듣고 보니 그렇습니다. 나머지란 단어는 수학용어로 피제수(被除數)를 제수(除數)로 나누고 남는 수를 말하기 때문입니다. 나머지 대신 '다른 분'으로 표현하는 것이 말하고 듣기에는 더 괜찮더군요.

살아보니 나머지처럼 '딱 떨어지지 않는' 상황이 의외로 많습니다.

그래도 칭찬입니다

형제자매라 할지라도 성격과 특질이 제각각입니다.

부모의 유전적 특성을 고스란히 물려받은 자식이 있는가 하면, 그렇지 못한 이도 많습니다. 어떤 애는 사촌형제를 더 닮은 경우도 있습니다. 외모도 그렇지만 기질도 개인차가 크다 보니 부모는 당연히 자녀의 특성에 맞는 양육방식을 고려하지 않을 수 없습니다. 칭찬의 횟수와 강도는 물론이며 보내는 박수의 양과 질까지 고려하게 됩니다.

어떤 자식에겐 박수를 공개적으로 넘치게 쳐주어 용기를 갖고 생활할 수 있도록 격려합니다. 그에게는 꾸중과 질책보다는 칭찬이 훨씬 효과적입니다. 격려 속에 자라는 기질이기 때문입니다. 지나치게 내향적이어서 지켜보기 안쓰러운 경우 스스로 이겨낼 때까지 기다릴 수밖에 없습니다. 반면, 외향적이고 활달하여 소위 '끼가 넘치는' 기질로 부모를 기쁘게도 하고 불안하게도 하는 자녀도 있습니다. 이들은 적극적인 계획으로 성공을 이루기도 하지만, 실패의 불안 또한 안고 살아가기에 부모는 그의 동태를 늘 살피게 됩니다. 이런 기질의 자녀에겐 엄격하고 때론 쓴소리도 마다하지 않습니다. 넘치는 에너지를 다소나마 '눌러' 큰 실수하지 않길 바라는 마음이 있기 때문입니다. 너무 박수만 치면 신화가 오히려 깨질 수 있다는 두려움을 알고 있기에 말입니다.

그렇지만, 어느 경우건 칭찬이 더 낫습니다. 칭찬으로 자만을 얻게 하는 것이 질책으로 좌절하게 하는 것보다 나은 까닭입니다. 기질을 너무 살펴 누구나 좋아하는 공통분모마저 분해한다면 그건 참으로 어리석은 짓입니다.

곰과 굽의 멋

고아서 곰이니 구우면 굽인가요!

곰는 시간이 길어질수록 골수가 빠져 진하며 고소해지고, 구우면 구울수록 색감이 맛있게 변하며 굽이 쫄깃해져 식감도 좋아집니다. 국물에 흰밥을 말아 깍두기 얹어 먹는 곰탕은 일미입니다. 잘 구운 마늘과 함께 상추 쌈하면 입에서 환상의 곱창파티가 열립니다. 곰탕이나 곱창처럼, 인생도 시간이 갈수록 더 고소하고 쫄깃해진다면 얼마나 좋을까요!

서민음식엔 구수한 멋이 살아있습니다.

경청하라면서

귀를 기울입니다.

자기 말을 경청하라고 하면서 정작 서로 외면(外面)합니다.
눈을 마주치지 않고 뱉은 언어는 이내 허공으로 흩어집니다.

기울일 '傾'(경), 들을 '聽'(청)이라고 아무리 외쳐본들 눈으로
마음을 전하지 않는 한 헛얘기(虛辭)일 뿐입니다.

진짜 경청은 눈맞춤으로부터 시작합니다.

'사랑합니다!'를 잊게 한 말

'저 합격했어요!'

힘든 세월을 이겨낸 '장수생'(長修生)의 이 한마디에 저도 잠시 눈시울이 뜨거워졌습니다. 인터뷰중이라지만, 얼마나 힘들었으면 그동안 지원해주고 격려해주신 분들에 대한 감사인사와 '사랑'이란 단어를 잊었을까! 하고 생각했습니다.

수험생 여러분! 사랑이란 단어를 잊어도 좋으니 어서 합격소원 이루길 메주도 응원합니다. 제가 대신 외쳐줄게요.

"사랑합니다, 덕분입니다!"라고요.

숯불로 구웠습니다

숯은 참나무로 만듭니다.

참나무는 도토리 열매가 있어 실속이 있습니다. 참나무 숯불은 은근한 춤사위가 꽤 오래갑니다. 속담에 '신발도 숯불에 구우면 맛있다'고 합니다. 맛있게 먹고 난 후 옷에 밴 '사치의 비밀' 또한 감출 수 없습니다.

성과를 유난히 강조하는 요즘엔 숯불 같은 사람 찾기가 하늘의 별따기입니다.

사랑에 빠지면 요리가 짭니다!

요리하는 중 사랑하는 이를 생각하느라 '무심코' 소금을 계속 집어넣기 때문에 짜다고 헝가리 유목민은 말합니다.

이 생각 저 생각하느라 잠 못 이루는 요즘! 한 가지, 한 곳에 몰입(Flow)해서 정열을 쏟았던 기억이 얼마나 있었는지 생각합니다. 무심코 말입니다.

그녀 생각에 귀와 눈이 멀었던 연애몰입, 새 레시피 연구로 밤을 꼬박 새우던 창작몰입, 가시에 찔리며 야생난을 찾아다녔던 탐색몰입, 활배근 만들려고 무리한 아령 들고 고함 지르던 과시몰입, 책상 밑에 숨겨 금서 읽었던 쿵쾅몰입, 대박의 환상 쫓느라 미친 듯이 베팅했던 일확몰입, 서예 운필법 익히느라 어금니가 금이 갔던 밤샘몰입, 서점 뒤지며 특정분야 책을 사 모았던 학구몰입, 한 등급 올리려고 새벽잠 줄이며 연습하던 경쟁몰입, 새벽 두 시 물때에 맞춰 안개 속을 달렸던 기대몰입, 재테크 관련 서적을 열심히 읽었던 허덕몰입, 모임의 운영진을 맡아 봉사로 동분서주하던 인정몰입, 자식진로를 위해 함께 고심하며 훈육했던 노심몰입... 그리고 지금, 작은 블로그 운영중 틈틈몰입 등 참 많더군요.

아참, 오늘 저녁의 꽁치찌개는 요리사가 한 눈 팔았는지, 다른 생각을 했는지는 몰라도... '맛있는' 짠맛이 났습니다.

유행이 지나가면

쫄바지, 나팔바지, 자루바지, 박스바지, 핫바지, 배꼽바지, 똥
싼바지, 줄줄바지, 주름바지, 병풍바지, 8부바지, 까진바지, 실
밥바지, 낙서바지, 원턱바지, 투턱바지, 쓰리턱 바지, 노턱바지,
핏바지...

바지 종류만 봐도, 유행은 우리 몸 사정을 봐주지 않습니다.

냉정하지만 이해합니다

서양에선 오이를 냉정함 혹은 침착함으로 비유합니다. '오이처럼'을 'as cool as cucumber'라고 씁니다. 성경에선 뱀을 간교한 동물로 보는 한편 '지혜로운' 이성(理性)을 표현할 때도 쓰곤 합니다.

이렇게 표현하는 데에는 둘 다 숨은 연유가 있긴 하지만 공통점은 차갑게 생겼다는 외현적 이유가 큽니다. 둘의 입장에선 억울한 판정일지 모르겠습니다만, '이성은 차갑고 감성은 따뜻하다'라는 지극히 단순한 명제는 인류사의 보편적인 룰(rule) 같습니다.

드라마나 영화에 등장하는 이성적이고 냉철한 주인공은 그 이성의 강도만큼 오히려 대중들에게 비난받고 멀어지는 고역을 감수합니다. 반면 넉살 좋고 빈틈이 많은 역할은 오히려 인간적으로 이해되어 인기가 오르기도 합니다. 냉정한 역할을 맡은 배우는 외모부터가 다릅니다. 보통은 마르고 날렵한 '조각형'의 모습으로 등장하여 관객을 긴장하게 하고 동시에 멋진 외모를 질시하게 만듭니다.

영화 '태양은 가득히'(1960)의 알랭들롱이나 '바람과 함께 사라지다'(1939)의 비비안 리 같은 '조각'들은 오히려 공공의 흠모와 질시의 대상이 됩니다. 재벌가 아들의 명품구두를 몰래 신어보는 가난한 심부름꾼의 명품외모, 끊어질 듯 가는 허리를 더 졸라매는 여인의 눈부신 마스크에 우린 감탄하면서도 애써 눈을 돌립니다. 마치 그 배우의 역할이해에만 관심 있는 척하며.

침대 밑 전기담요는 우리에게 큰 사랑을 받습니다. 차가운 계절, 습한 날씨, 그리고 몸 상태가 좋지 않은 경우에도 그는 따뜻한 위로를 줍니다. 요즘 제품은 온도조절이 쉬운데다 디자인과 안정성까지 더해져 금상첨화입니다. 고마운 친구입니다. 그러나, 너무 냉정합니다. 오이처럼요. 그토록 뜨겁게 맹세한 언약도 버튼하나로 순식간에 식혀버리는 놀랄만한 '이성'행동에 우린 번쩍 눈을 뜨게 됩니다. 하지만 꼭 싫지만은 않습니다, 어차피 이성의 시대에 적응해 살아가야 하는 우리들 아닌가요? 부재중인 자신에게 모임의 부회장을 맡겼다고 원망할 필요도 없습니다. 대중이 그대의 존재를 인식하고 있는 까닭입니다.

방금 전기담요의 스위치를 off 했습니다. 자, 어서 일어납시다! 오늘도 좋은 하루 보내세요!

창업의 꿈

창업은 용기의 창(窓)을 여는 길입니다. 덜컹거리며 거친 비포장 길을 가는 버스처럼 흙먼지와 소음도 감수하며 묵묵히 나아가는 야전여행입니다.

그렇지만, 직접 운전하고 기획하여 원하는 목적지에 다가가는 일이라 나름 자유롭습니다. 비록 거친 비바람을 피해 좁은 처마 밑에서 먹는 빵이지만 달고 맛있습니다. 보람과 성취감도 큽니다.

누구나 한 번쯤은 꿈꾸지만, 아무나 갈 수 없는 광야(曠野)! 창업에 도전하는 '뜨거운 심장'을 응원합니다.

설거지를 하다 보면!

설거지는 식사의 마무리입니다. 밥을 하고 찌개를 끓이며 나물을 무치는 일련의 과정이 준비과정이라고 한다면, 식사 후 음식을 거두는 과정이 설거지라 할 수 있습니다.

일단 뜨거운 물에 식기를 담근 다음 그릇의 대소(大小)와 기름기의 유무(有無)에 따라 세척공간을 분리합니다. 간혹, 기름기 많은 그릇을 싱크대의 '종합세트'에 풍덩 빠트리는 '사고'가 발생하면 그 순간 일감이 두 세배 늘어나기에 조심합니다. 이 경우, 군대시절 돼지찌개특식을 맛있게 먹고 대충 씻는 바람에 저녁 점호에서 곡소리나게 당했던 '미끈식기' 검사의 공포가 생각납니다.

자, 방금 깨끗이 세척했습니다. 식기들은 제 자리에 정리했고, 음식물도 분리했으며, 싱크대 주변과 레인지 주변도 구석구석 잘 닦았습니다. 어떤 이는 설거지의 귀찮음을 얘기하지만, 사실 그보다 하기 싫은 일은 식사 후 남은 음식을 제자리로 거두는 과정입니다. 이 또한 설거지의 영역입니다.

　야구도 계투 중 마무리투수가 중요하며, 골프 역시 그린에서의 설거지라고 말하는 퍼팅이 성적을 좌우한다고 합니다. 직장 생활 역시 초임시절 적응 못지않게 떠나갈 때의 마무리가 그의 격(格)을 결정합니다. 이처럼 설거지는 단순한 세척활동이 아닙니다. 가정사와 세상사를 이해하고 실천하는 삶의 '제1과(課) 제1장(章)'입니다.

슬픈 넥타이

넥타이는 대표적인 남성 패션코드 중 하나입니다. 계절이나 슈트 혹은 그날의 날씨나 기분에 따라 선택합니다. '단벌신사에 넥타이 두 개'면 몰라도 꽤 신경 쓰이는 패션아이템입니다.

다들 고르는 조건이 있다고는 하지만 사실 선택받는 넥타이는 극히 일부입니다. 실제로, 정상회담이나 VIP 회동 같은 공식자리에선 드레스코드 중 넥타이가 큰 관심사입니다. 컬러나 무늬의 의미에 따라 회의의 방향과 상대방을 인식하는 경중이 대충 파악되기 때문입니다.

최근의 노타이(no-tie) 유행은 우리의 일상을 바꿨습니다. 비즈니스나 애경사에서도 자율 선택이 많아졌습니다. 다들 이전보다 훨씬 자유롭고 보기에도 편하다고 말합니다. 목을 조이는 답답함이 사라져 기분마저 상쾌하다고 합니다. 동감입니다. 실제로도 공식행사 자리가 아닌 경우 노타이가 많이 늘었습니다.

그러나, 심미감마저 풀어 헤치진 않았으면 합니다. 미적안목의 여유, 자신만의 액센트를 선택하는 감각만은 그대로 간직했으면 좋겠습니다. 상대정상을 배려하는 드레스코드의 의미를 잘 알고 있듯 말입니다.

자녀결혼식을 맞아, '모처럼' 화려한 혼주넥타이를 맨 형님의 미소가 참 보기 좋습니다.

사랑합니다, 그대!

흔히, 약혼 이후 가장 많이 싸웁니다.

그 시점부터 다이아몬드 반지와 황금빛 실크잠옷, 그리고 자동차만이 결혼생활의 전부가 아니라는 사실을 어렴풋이 깨닫기 때문입니다. 젊음 외엔 모든 것이 미숙한 상태이기에 험한 '인생행로'의 좌표를 정하느라 그들은 불안해합니다. 그렇지만 서로를 굳게 믿고 이겨냅니다. 이사 가기 전에는 전혀 몰랐던 탄성코트, 몰딩, 합지와 실크... 등의 용어도 '겪으면서' 알게 됩니다. 조금씩 경험하며 인생을 배웁니다.

중년부부들을 만나보면, 아무것도 해 주지 못했던 아, 정말 미안했던 신혼시절이었다!라고 다들 말합니다. 불안했지만 굳게 믿었던 그 믿음으로 어렵게 견딜 수 있었다고 고백합니다. 함께 한 그대여, 어려운 파도를 잘 견뎌주어서 고맙습니다!라고 배우자에게 말하고 싶다고 얘기합니다.

그러나, 때론 '겪지 않아도' 알 수 있는 것이 인생입니다.

어-어 끄으으~

휴일 아침이 되면 사방에서 '늑대' 울음소리가 들립니다.

출근시간을 급히 체크하다가 쉬는 날임을 깨닫고 내지르는 안도와 허탈이 블렌딩된 괴성입니다. 몸을 쭉 펴고 다시 한번 소리를 지르다가 이내 이불 문(門)을 꽁꽁 닫습니다.

인간은 필요시에만 기지개를 켜는 유일한 동물입니다.

한 수(手) 하시죠~

반집만 남아도 이기는 게임
기초를 가르쳤던 자식에게 지는 게임
스승의 타이틀을 모두 거둬들이는 게임
한판만 두면 성격을 바로 알 수 있다는 게임
군대에서, 논두렁에서, 어깨 너머로 배웠다는 게임
밤을 꼬박 새우게 하는 게임
고급소재의 판일수록 경쾌한 소리가 나는 게임
담배냄새에 절었던 게임
알파고, 줴이(絕藝), 한돌 같은 AI도 등장한 게임
훈수 두면 묘하게 여덟 집 이상 보이는 게임
도끼자루 썩는 줄 모른다는 게임
인생살이 같다는 게임
정치유머에 꼭 등장하는 게임
사돈과 꼭 한 수 두고 싶은 게임

10살 전후로 보이는 소년기사들의 바둑대국을 몇 차례 보았습니다. 성인 못지않은 상당한 실력과 감각이 있었는데 무엇보다 속기더군요. 자유롭게 공격과 수비를 하면서도 빠르게 진영을 재정비하는 모습이 대단했습니다. 공격 작업이 실패할 때 얼굴이 바로 상기되며 머리를 긁적이는 모습이라든지 그 반대의 경우, 상대방의 눈치를 살피면서 기쁜 표정을 애써 감추는 모습 등은 정말 재미를 주었습니다.

그러다가, 특이한 점을 하나 발견하였습니다. 성인 프로대국에서 흔히 볼 수 있는 '부자 몸조심하는' 동작이 소년기사 대국에서는 잘 보이지 않았습니다. 부족한 시간에도 틈틈이 형세를 살피면서 '일단 반집이라도 앞선다는 판단이 들면 철저히 대문을 걸어 잠그는' 모습을 볼 수가 없었습니다. 충분한 집의 차이가 있어 무난한 승리가 예상되는 상황에도 불구하고 가차 없이 상대의 돌을 굴복시키고 심지어 대마까지 잡고야 마는 그들의 '저돌함'과 '순진함'에 메주는 그만 크게 웃고 말았습니다. 그리고 보니, 협상과 관용의 기술은 '바둑격언'에 의해서만 길러지는 것이 아닌, 수많은 성공과 실패를 통해 길러진 '인생경험'으로 부터 얻어지는 것 같습니다.

　지나치게 득실을 따지지 않고 과감히 돌진하는 소년기사들이 있어 기쁘고 든든합니다.

음식 권하는 지혜

버스나 기차로 이동하면서 건너편 승객에게 음식을 권해본 적이 있으시나요!

상대방이 거절하면 '얼마나 무안할까!'라는 생각에 고개를 돌려 혼자 먹을까! 하고 생각했습니다. 하지만, 용기를 내어 조금 (30%) 권했습니다. 모녀는 처음엔 거절하시더니 활짝 웃으며 '사실 쿠키를 좋아해요!' 하며 받았습니다. 함께 먹으니 마음도 편하고 기차의 굉음이 오히려 즐겁게 들렸습니다. 생각보다 쿠키 맛도 좋았습니다.

모든 불행은 이기심에서 비롯된다는 사실을 다시 깨닫습니다.

과학은 철학입니다

1. 이상합니다. 분명히 체중은 줄어들고 허리는 굽어 한눈에 보기에도 노쇠해지셨는데 옷의 사이즈는 변함이 없습니다. 아니, 이전부터 입던 정사이즈가 오히려 작아 보입니다. 무슨 조화인지 알 수 없습니다. 놀라운 신의 섭리입니다. 육체의 방은 작아졌지만, 더 넓은 '정신의 방'이 필요해진 까닭입니다.

2. 얼핏 본 발의 길이는 큰 차이가 없어 보이는데, 왜 남편이 아내보다 15mm나 크게 신발을 신는지 궁금했습니다. X선 촬영을 보고 나서야 비로소 의문이 풀렸습니다. 발 가운데 뼈의 높이(일명 족고: 足高)를 보니 남자가 훨씬 높았습니다. 당연히 신발사이즈가 다를 수밖에 없음을 알게 되었습니다. 눈대중(eye measure)경험도 중요한 기준이지만, 과학적 데이터는 안심을 제공해 줍니다.

과학은 통계만을 제공하지 않습니다. 과학은 '안심'철학입니다.

오리지널의 위기

오리지널(original)은 우리말로 '본래', '독창적'인 시초를 뜻합니다. 누구나, 무엇이나 시작은 오리지널이었습니다.

샴푸나 린스가 있기 전에 비누가 있었고, 각종 연고와 복합 상처치료제가 있기 전 머큐롬이 있었습니다. 숱한 라면과 짬뽕의 변용도 오리지널로부터 출발했으며, 각종 술도 토종 주정으로부터 시작되었습니다.

술은 약용으로 혹은 기념주로 변천하며 주정의 농도를 달리하기도 하고 대상과 취향에 따라 디자인과 향을 변용하기에 이르렀습니다. 이러다 보니 무엇이 본래인지 응용인지 모르는 지경에 이르렀습니다. 오랜 세뇌로 인해 진위(眞僞)를 판단하지 못한 집단처럼, 마치 제 자신의 상황이 최고인 양 판단하기에 이르렀습니다. "우리 때까진 힘들었다. 지금은 많이 좋아졌네"라고 외치는 군대전역자의 전설은 군이 없어지지 않은 한 계속될 것입니다.

오리지널은 있지만 굳이 무엇인지 찾을 필요는 없습니다. 모든 존재는 오리지널을 지향하기 때문입니다. 고통 없는 변화와 변신은 세상에 하나도 없습니다.

알릴까 말까!

생일은 대표적인 개인 행사입니다. 가족은 물론이고 친구나 지인들의 축하를 받는 날입니다. 물론, 알리지 않고 자축하며 조용히 보내기도 합니다.

먼저, 미역국을 먹습니다. '나를 낳느라 고생하신 엄마를 생각하며 먹는다'는 변명은 왠지 쑥스럽습니다. 그냥 맛있게 먹습니다. 축하 문자도 꽤 옵니다. 비록, 생화의 향은 없지만 멋진 메일 꽃다발과 뿅뿅하트를 받습니다. 문자에 덧붙이는 축하와 애정문구도 꽤 즐겁습니다.

아내가 미역국에 갈비를 조금 내놓습니다. '아침부터 웬 고기냐!'며 말하려다 입을 꾹 닫습니다. 준비한 마음이 고맙게 느껴집니다. 연례행사이면서도 '기억과 관심'이 식지 않은 점이 특별합니다. 이윽고 저녁이 다가올수록 주위 사람들의 부담은 서서히 줄어들고 생일 당사자의 마음 역시 편안해집니다. 다음 순서는 이미 정해져 있습니다. 문제는, 가족들이 간혹 생일을 잊는 경우입니다. 워낙 바빠서 혹은 자기 자신을 돌보느라 힘들어서 그럴 수 있겠다! 하고 생각하지만, 문자 한 통 없이 넘어가는 건 조금 섭섭합니다. 가족이기 때문입니다. 가족을 잊은 건 나 자신을 잊는 일입니다.

비밀이라 말했건만 입이 간질거리는지 동네방네에 알리고야 마는 연속극의 '촉새'가 때론 기특해 보입니다.

'노인을 위한 나라는 없다!'의 세 관점

노인 폄하나 역차별 얘기가 아니며 스포일러도 없으니 놀라지 마십시오. 2008년 개봉한 미국 스릴러영화(No Country For Old Men)인데, 평점이 높고 제목이 특이하여 많은 이들이 방문합니다. 메주도 흥미있게 감상하였습니다. 주인공인 하비에르 바르뎀의 표정연기가 매우 돋보입니다.

1. 등장한 대다수 노인은 비교적 평온한 인상에 행동도 점잖았지만, 무력 앞에선 '전혀' 작동하지 못했습니다. 휴게소 노인 주인에게 일상스케쥴을 물어보고 동전의 선택으로 생사(生死)까지 결정하라는 킬러의 '미친 강요'는 압권입니다. 강요에 반발하여 장총을 꺼내다가 오히려 악당의 총에 맞아 죽는 서부영화의 한 장면과 같은 분노행동은 상상할 수 없습니다.

2. 200만 불(원화 약 27억)의 거액이 전혀 주목받지 못하고 마치 '휴지'처럼 느껴진다는 점입니다. 다들 돈을 탐하긴 하지만, 기껏 '짜잔한' 탐지기로 추적하거나, 변두리 모텔이나 국경근처

풀숲에 숨길 공간을 찾는 정도일 뿐입니다. 땀에 전 의상을 입고 나름 우왕좌왕하는 퇴역군인(조슈 브롤린)의 초조 앞에서 거금은 전혀 의미가 없어 보입니다. 쫓는 자나 쫓기는 자 모두 왜 돈을 찾아야 하는지 아니면 왜 감춰야 하는지 의미를 말해 주지 않으며, 특별한 계획 또한 없습니다. 허세만 가득하여 보는 이들을 답답하게 합니다. 또한 '퇴역군인'은 차라리 죽기 전에 어려운 환경에서 살아가는 순진한 아내나 장모에게 돈다발이라도 푹 안겨주면 좋지 않았겠냐!라는 원성을 받을 만합니다.

3. 보안관(토미 리 존스)의 행동 또한 관심사입니다. 젊은 보안관 조수를 두고 지역을 관장하는 그는 경험이 많고 노련합니다. 하지만, 보안에 눈을 감은 지는 오래된 듯합니다. 죽음의 진실에도 침묵하고, 오히려 방종합니다. 이런 까닭에 경험 없이 관심 갖는 젊은 조수의 '치기'(稚氣)가 공허하고 안타깝게 느껴집니다. 노련한 사수가 조수에게 줄 수 있는 것이 '경험과 세월' 외에 또 무엇이 있는지 우리에게 질문합니다. 그 또한 거금의

진실과 거취엔 관심조차 없습니다. 범죄자와 협상하여 뒷돈을 챙기는 여느 영화의 뒤통수 장면 또한 기대하기 힘듭니다. 그도 퇴직을 앞두고 부모님의 삶을 회상하며 살아가는 평범한 인간일 뿐입니다. 암으로 죽어가거나 사고로 죽어가는 많은 이들처럼 그 또한 숙명적 삶의 한 본보기를 보여줍니다.

명배우 출연 포스터가 눈길을 끌지만, 굳이 역할이름까지 외울 필요는 없습니다. '백치 폭력'과 '숨 막히는 단절' 앞에선 우리 모두 무기력한 '약자'가 될 수밖에 없음을 깨달았기 때문입니다.

떨다 놀랍다

습관적으로 발을 떱니다.

보통, 의자 높이가 애매할 때 한쪽 다리를 덜덜 떨게 됩니다. 반자동처럼 의식하지 않아도 떨게 되니 내가 일부로 떠는 건지 아니면 떠는 다리를 보고서야 내 다리임을 느끼는 건지 자신도 잘 모릅니다. 그러다가, 어릴 적 들었던, 습관적으로 다리를 떨다가 한쪽 다리에 장애를 입었다는 〈부자와 소금장수〉라는 '무섭'동화가 생각나서 떠는 동작을 뚝 멈춥니다. 흉년, 무 위에 보리밥 몇 알을 덮어 드시다가 막내에게 들켜버린 엄마처럼 주춤합니다.

당신 입 속의 밥 한 톨까지 다 내주셨으면서도 겸연쩍어 고개를 숙인 엄마처럼... 놀랍다.

익는 시기가 다 다릅니다

인기 있는 가을 과일 중 하나는 감입니다. 하나는 단감이요, 다른 하나는 대봉감입니다. 색감은 같아 보이지만 시기상 단감은 이미 익었고, 대봉감은 이제 시작입니다.

단감은 대봉감을 위해 있고, 대봉감 또한 단감을 위해 존재하는 듯합니다. 천천히 익어가는 대봉감이 있기에 먼저 익은 단감을 맛있게 먹을 수 있고, 단감이 끝날 무렵 대봉감의 잔치가 시작되는 것입니다. 그러기에 조바심이 나서 기다릴 필요가 없습니다. 만약 세상의 이치가 '모두 같이 하였다가 모두 함께 사라지는 것이라면'... 얼마나 허무할까요!

결국 '익는 시기'가 관건입니다. 부족함은 머잖아 채워지며, 괴로움과 고통도 참고 기다리면 언젠가는 적절하게 해결될 것입니다. 그러고 보니 인생에서 '시기의 선택'만큼 중요한 것이 없습니다. 흔히 가장 빠른 새가 '눈 깜짝할 새'라고 농담하지만 '인생의 새'는 이보다 더 빠르기에 시기를 잘 맞춰 매사를 잘 계획해야겠습니다.

복권을 샀습니다

새해를 맞이하여 복권을 샀습니다, 12월 31일.

보통은 일주일을 기다리지만, 이번엔... 1년(年)입니다.

꽤~ 깁니다.

대세가 되기까지

사각 트렁크는 어느 날 갑자기 나타났습니다. 어른과 아이 할 것 없이 삼각팬티만 입던 시절이었으니 참 '신기한' 물건이었습니다.

전면에 단추가 두 개 있고 양쪽 트임이 있는 모양이어서 처음엔 누구도 속옷인지 몰랐습니다. 어떤 이는 반바지로 또 어떤 이는 수영복으로만 알고 당당히 사용했습니다.

그러한 사각 트렁크는 시간이 지남에 따라 어느덧 속옷의 대세가 되었습니다. 치맥, 가발, 패션, 물티슈, 건조기 등... 이들의 유행도 갑자기 온 것이 아닙니다. 천번 만번의 시도와 도전, 시련과 굴욕을 이긴 어느 날부터 그 존재의 진가가 인정되어 떠오른 것입니다. 세상의 모든 과정은 대세가 되기까진 무명(無名)의 과정을 거칩니다. 대세는 갑자기 주어진 것이 아니라 피와 땀 그리고 눈물로 만들어 진 것입니다.

우린 지금 대세(大勢)를 입고 쓰고 먹고 있습니다.

잠의 수문장이여!

만물이 잠을 잡니다. 아니, 잠을 청(請)합니다. 시간으로, 노동으로, 술로, 약물로, 야식으로, 책으로, 게임으로, 사랑으로, 일출 기다림으로, 내일의 설레임으로, 충전하려고, 살찌려고, 빨리 회복하려고, 꿈속에서라도 만나려고, 괴로움과 두려움을 잊으려고... ...

어떤 이에겐 보약인 잠이 어떤 이에겐 두려운 존재입니다. 그러나, 우린 생리적으로 잠을 자지 않으면 살 수 없습니다. 사는 곳의 시차가 다르니 자는 시각도 각각입니다. 문제는 잠에서 깨어나지 못하는 일이 발생할 때입니다. 즉, 사망입니다. 잠은 항상 자연스럽게 받아들이지만, 깨어나지 못하면 난리가 납니다. 그 원인에 대한 인위적 해석이 분분합니다. 우린 수없이 눈을 감았다 뜨며 일생을 살면서도 잠의 수문장(守門將)에게 진심어린 감사인사 한마디 못하고 살아가는 것 같습니다.

메주는 언제부턴가 잠에서 깨어나면 크게 소리칩니다. "오늘도 생명을 연장해 주셔서 감사합니다!"라고요.

한 번쯤 별을 헤어봅시다

돼지는 우리 인간에게 여러모로 귀한 동물입니다. 지능이 높은 동물 중 하나로도 알려져 있습니다.

그들은 조지 오웰의 〈동물농장〉에서처럼, 언젠가 인간세상을 무너뜨릴 작전을 구상중인지 연신 고개를 땅에 박고 '쿵쿵성찰' 중입니다. 그런데, 모가지를 땅에 너무 처박아서 그런지 머리를 들어 하늘은 볼 수 없게 되었습니다. 구조적으로 고개를 들지 못하도록 진화되고 말았습니다. 안타까운 노릇입니다. 이제 밤 하늘의 별과 달을 보며 품었을 그들 조상의 '야망'은 짐작조차 할 수 없게 되었습니다.

우리 인간은 어떻습니까? 너도 나도 시간만 허락되면 뭔가를 들여다봅니다. 작은 것은 눈 빠지게 보고 큰 것도 '목 빠지게' 들여다봅니다. 원래 S자였던 우리의 목도 점점 영문 I자나 C자가 되어갑니다. 자라가 들으면 '억울해 할' 자라목이 되어갑니다. 간혹 목을 뒤로 젖히면 '두두둑' 하는 자라등껍질 갈라지는 소리가 납니다(저만 그런가요?). 그럴 땐 "잊혀진 밤하늘 별의 속삭임을 기억하라!"는 철학자 스피노자의 음성을 기억합니다.

자! 우선, 자리에서 일어나 크게 한 번씩 외칠 일입니다. "나는 돼지완 다르다! 어머니 무릎에 누워 쏟아지는 별을 보며 감탄했던 그 밤의 순수를 '아직' 간직하고 있노라! 더 진실되게 살겠노라!"고 말입니다.

메주 역시 올해는 작년 여름에 실패했던 지리산의 '쏟-별'장관을, 목을 젖히고, 꼭 보겠노라고 다짐합니다.

집 나간 며느리가...

뭐야! 또 그 얘기?

전어 굽는 냄새에 집 나간 며느리가 다시 돌아온다는 레퍼토리. 여가생활 나오면 뒤따라오는 워라밸과 소확행 얘기, 울릉도 하면 얘기하는 오징어와 호박엿 그리고 명이나물 얘기, 젊었을 때 고생은 사서라도 한다는 그 얘기... 아! 자동으로 나오는 '술술마법' 얘기. 잊을래야 잊을 수 없는 그 사례와 그 얼굴, 그 장면과 맞장구들! 인생 얘기들 얘기들... ...

가장 오래 기억하는 비법은 '가장 크게 감탄하는 일'이란 탈무드의 지혜를 감탄합니다.

후아! 감탄합니다

아침에 던지고 저녁에도 던집니다. 정면 보고 던지고 바쁘면 옆으로도 던집니다. 거의 골-인(Goal-in)입니다. 저희 집 빨래 수거통에 던지는 생활농구 얘깁니다.

생활의 달인 이야기는 많은 웃음과 놀라움을 줍니다. 남보다 특별한 체격이라든지 특수한 도구를 갖춘 것도 아니면서 뛰어난 능력을 보여주기에 모두 감탄합니다. 아니, 오히려 보통보다 열악한 조건이나 환경에서 빚어내는 경우도 많아 더 놀랍니다.

그들에게 "어떻게 그런 특기를 갖게 되었냐?"고 물으면 거의 대다수가 "오래 하다 보니 그렇게 되었다"라고 대답합니다. 맞습니다. 경험의 결과이겠지요. 그러나, 이 부분에서 놓쳐선 안 될 사실이 하나 있는 것 같습니다. 그들이 오랜 세월 동안 반복의 지루함을 묵묵히 이겨냈다는 점입니다.

'지루한 반복'이 달인을 만듭니다.

아메리카노를 마십니다

좋아하는 것엔 그 나름의 '고집'이 들어 있습니다.

감정 따라 쓰게 된 글과 글씨, 음악이 있는 영화감상 그리고 한 잔의 차(茶)... 이들은 메주가 좋아하는 것들입니다.

그러다 우연한 계기로 커피도 즐기게 되었습니다. 검은 쓴 맛 때문에 이제껏 '장(醬)국' 아니냐!고 농담해 왔는데, 마시다 보니 커피마다 각자의 향과 미, 그리고 '사치'까지 담겨있다는 사실을 알게 되었습니다. 신맛, 쓴맛, 단맛, 고소한 맛 등 다양한 맛에 금세 빠지게 되었습니다. 차와 커피를 함께 즐기게 되니 더욱 여유가 생겼습니다.

방금, 헤이즐럿 넣은 아메리카노를 드립했습니다. '아-아'와 '뜨-아'!의 커피 향에 정신이 몽롱해집니다.

'느는는' 좋겠습니다

1. 유모차에서 '소 젖' 먹는 귀여운 앙탈손녀. 어느날 갑자기 훌쩍 커서 '할머니 여기 앉아! 내가 밀어줄게!'라고 말하는.

1. '악으로 깡으로' 버텨 드디어 결승까지 올라 온 우리. 기필코 우승하여 다들 서러운 드림팀 딱지 떼고 '2군'으로 올라가길 바라는.

1. 성공 이후 오히려 좌절하는 다이어트. 영화주인공처럼 '독종단짝'이 생겨 이번에는 No요요 감량에 성공하는.

1. 공간이 다소 부족하지만 편리한 지하주차장. 제발 '늦밤'에는 애매한 '눈살주차' 대신 아예 지상으로 달려가는.

1. '나이깡패, 경력깡패' 내세우지 않고, 기본은 해결해 주고 핵심 노하우를 잘 가르쳐주시는 그 선배의 인품을 닮아가는.

1. 바깥업무에 지친 그녀, 퇴근 후의 '집안일'로 심란했었는데, 오호라! 알라딘 마법사의 그림 같은 식탁이 차려있는.

  1. 준비없이 나오게 된 만년직장. 멀리서 바라보니 그때가 꽃길이었구려! 경력자랑 버리고 다시 잡은 오늘 면접기회는.

  1. 영국의 자존심, 셰익스피어의 4대 비극. 평소 우유부단한 내용이 맘에 들지 않았는데, 깊게 들어다보는 주인공의 연민에 잠시 빠져드는.

  지치지 않는, 살아있는, 웃음이 있는 '는는는' 도전이 되길 바랍니다.

진한 삶의 스토리, 〈대부〉

화제의 영화에서 인생사를 들여다봅니다. 대부(Godfather) 1, 2, 3 시리즈.

처음, 강인함 속에 감쳐진 음모와 복수를 보다가 점점, 힘의 화려함과 비정함에 빠집니다. 마침내, 공연은 끝나고 볼 비빌 가족의 회한만 남는 사랑 그리고 텅 빈 쓸쓸함을 봅니다.

외아들 앤소니가 "변호사가 되어 패밀리를 돌봐라!"라는 아버지 마이클 꼴레오네의 명령조 청을 '단번에' 거절하고, '나는 오페라가수의 길을 가겠다!'라고 선언한 후 거침없이 방문을 열고 나가는 장면은 압권입니다.

보고 또 봐도 여전히 보고 싶은 '양파'입니다.

혼밥하던 날

단팥죽 집에 가니 잘 익은 통김치가 있습니다. 취향대로 잘라 드시라고 가위도 있습니다.

[어린 시절, 학교에서 돌아오니 집에 '아무도' 없었습니다. 여기서 말하는 아무도는 엄마입니다. 배는 고프지만... 참다가, 김치통을 열어보니 잘 익은 총각무가 있었습니다. 한눈에 봐도 신맛이 '확' 느껴졌습니다. 찬물에 밥을 말았습니다. 젓가락으로 무를 관통하여 왼손에 집어 들었더니 제법 묵직했습니다. 밥 한술에 무김치 한입! 정신없이 먹었습니다. 생각보다 맛있었습니다. 먹다 보니, 밥알은 다 없어지고 흐린 물만 남았는데, 버리기 아까워 단숨에 들이켰습니다. 아, 시원했습니다! 갑자기 집에 식구가 가득 찬 듯, 든든하고 무섭지 않았습니다. 배고플 땐 몰랐던 매미소리가 요란하게 들렸습니다.]

외로운 이여! 오늘 점심에 '뽀도독~' 총각무 김치 한입 같이 드시지요~!

진실의 모습

진선미 중 최고는 진입니다.

진(眞)은 진실입니다. 그런데 왜 진실의 모습은 쉽게 드러나지 않을까요? 이미 알려진 사실마저 진실로 인정하지 않는 이유는 무엇입니까? 진실의 머리는 냉정하고 진실의 심장은 뜨겁지만 진실의 손과 발이 너무 느린 까닭입니다. 진실의 방향 역시 그 주체에 따라 다르기에 진실은 결국 최후에 드러날 수밖에 없습니다. 그리하여 마침내 드러난 진실에 마음을 열고, 진실의 실체에 공감합니다. 이것이 진실의 참모습입니다.

진실 앞엔 누구나, 결국, 무릎을 꿇게 됩니다.

화해했습니다

"미안해, 사랑해!"

이 한마디에 심장이 쫄깃해집니다. 눈 안에 고인 깔깔한 염도가 비로소 빠졌습니다. 머릿속도 쥐가 온 듯 하얘졌습니다. 그동안은 매일 알콜로 간을 소독했습니다. 손과 발도 제 역할을 잊었습니다. 화해하지 못할 언어들만 서로 무수히 뇌까렸습니다.

아! 화해의 단어는 짧지만, 여운은 깁니다.

책 한 권 읽었을 뿐인데

영혼이 맑아진 느낌입니다. '고급진' 감탄과 미소가 절로 나옵니다.

그냥 읽었을 뿐인데, 진심의 기준을 알았습니다. 그대가 말을 아낀 까닭을 이제야 알았습니다. 때론 부뚜막의 부지깽이처럼 함께 타야(燒)한다는 걸 알았습니다. 꼰대가 사실은 꼰대 아니었음도 알았습니다.

숙성된 책 한 권이, 알았지만 잊혀졌던 나의 말을 온전히 되찾게 해 준다는 사실도... '감탄하며' 알았습니다.

난이도가 있습니다

갈수록 말 못하는 세상입니다. 누군가에게 무언가를 물어보기가 겁이 납니다. 남녀노소를 불문(不問)하고 자기주장이 강하니 그 경계에 다가가기 쉽지 않습니다.

호칭도 많이 변했습니다. 자식도 이름보다 '아들~!' 혹은 '딸~!'이라 부릅니다. 습관적으로 사용하던 호칭도 혹시 성차별이나 갑질시비에 휩싸일까 봐 살핍니다. 아예 침묵하는 경우가 많습니다. 이러한 분위기에선 어떤 공인, 종교인, 회사원, 사업가, 정치인, 교사 심지어 언어의 마술사인 개그맨(gagman)조차도 자유롭지 못합니다. 남녀 모두 자유롭지 못합니다. 한번은 걸러내야 할, 불평등과 편견 그리고 비민주적 요소에 대한 도전이기 때문입니다. 물론 반발과 비난도 많지만, 정착될 때까지는 당분간 더 참고 나아가야 합니다.

사실, 우린 그동안 '너무' 쉽게 말해 왔습니다. 나이, 권위, 혹은 우위에 기대어 강한 자의 혀는 거침이 없고 자유로웠습니다. 폐부를 찌르는 독설로 상처를 입혔습니다. 그러한 분위기로 인해, 위트와 기지로 5초 후 웃게 만든다는 '고급진' 혀의 전설은 이제 문학이나 영상으로만 남게 되었습니다. SNS 소통이 대세이니 더욱 조심해야 합니다.

그래서 한편 걱정이 생겼습니다. 남의 감정을 지나치게 살피느라 해야 할 말마저 못하는 '눈치꾼'들이 될까 봐 걱정입니다. 자신의 생각을 소신껏 말하는 '당당꾼'들이 모두 사라질까 봐 걱정입니다. 잘못한 일은 잘못했다고 간곡하게 혹은 따끔하게 나무라는 '소신꾼'마저 모조리 없어질까 봐 그것도 걱정입니다. 그리하여 세련되고 고급스러운 그리고 아름다운 말마저 모두 사라질까 봐 걱정이 됩니다. 설마 그런 지경까지 가는 일은 없겠지요!

금같이 귀한 자식이지만, 이름을 부르고 삶의 기본은 알려줍시다. 친구나 동료에게도 궁금한 건 궁금하다!라고 말하고 부드럽게 물어봅시다. 오해가 난무하는 문자와 영상으로만 판단하는 '짐짓 친함'은 버리고 진심으로 다가갑시다. 혼자만 안다고 '뻐기지 말고' 친절하게 알려줍시다.

굳이 난이도로만 본다면, 우린... 지금... 고난도(高難度) 세
상에 살고 있습니다.